U0506914

国家出版基金项目
NATIONAL PUBLICATION FOUNDATION

二零一五年中宣部主题出版重点出版物

新乡贤的故事

《核心价值观的故事》丛书

袁祥　叶辉◎主编

光明日报出版社

《核心价值观的故事》丛书编委会

湖南科技大学教授夏昭炎（右二）退休后回到家乡给留守儿童上课，左一是他的老伴杨莲金。
曾志前/摄

从台湾回安徽家乡垦山种草当庄主的教授郭中一（左）在跟夏令营的孩子交流。李陈续/摄

植物学家蒋高明（左一）在家乡的生态农场里。曾彦/摄

这是一批有奉献精神的现代精英，从乡村走出去的他们回归乡土，以自己的经验、学识、专长、技艺、财富以及文化修养和道德力量参与新农村建设和治理，既是乡村社会文化建设的力量，也是发育和培养乡村社会发展内驱力的所在。

把核心价值观宣传放在核心位置

——《核心价值观的故事》丛书序言

光明日报总编辑　何东平

　　《核心价值观的故事》丛书收录的是党的十八大以来光明日报有关家风家教、校训校风、乡贤文化、地名文化以及核心价值观百场讲坛的报道和文章，展示的是光明日报坚持不懈、不断创新的核心价值观宣传成果，更重要的是体现了光明日报这几年来一直秉持和坚守的"把核心价值观宣传放在核心位置"的办报理念。

　　为国家立心，为民族铸魂。十八大以来，党中央大力推进、持续深化社会主义核心价值观培育和弘扬，"在人的心灵里搞建设"，彰显出日益强劲的中国精神、中国价值、中国力量，托举起跨越百年的光辉梦想——中华民族伟大复兴中国梦。

　　"把核心价值观宣传放在核心位置"的办报理念正是建立在以习近平同志为总书记的党中央建设社会主义核心价值观新理念新实践基础之上的，是来源于对中国人民价值观自信自觉自立、坚信坚持坚守的感染、感动和感奋之中的。

　　作为一份主要面向知识分子的中央主要媒体，思想文化宣传是光明日报的神圣职责。我认为：思想文化宣传的特点，是以价值观作为总开关，要有成功的思想文化宣传，先得有成功的核心价值观宣传。

　　基于这一认识，十八大以来，我们紧跟党中央推进和深化社会主义核心价值观建设的新理念新实践，将创新社会主义核心价值观宣传作为创新思想文化宣传工作的重点，始终把核心价值观宣传放在核心位置，坚持广覆盖、融媒体、全栏目推进核心价值观宣传，坚持深入挖掘优秀传统文化，以文化传播和滋养核心价值观，坚持深入发掘好故事、生动讲述好故事，以先进典型弘扬和引领核心价值观，使核心价值观宣传好看、耐看，使核心价值观更好地走进人们的心灵。

一、广覆盖融媒体全栏目推进核心价值观宣传

社会主义核心价值观建设是面向全社会、全体公民的，必须落实到各个领域各个方面，与此相对应，创新社会主义核心价值观宣传报道，就要做到全方位推进、全领域覆盖。十八大以来，光明日报坚持不懈地在广覆盖、融媒体、全栏目上下功夫，开展了多个重大主题活动，推出了多个重点栏目，刊发了一系列重要报道和文章，从不同角度、不同层面弘扬社会主义核心价值观，实现了高密度、广覆盖、强效果的传播。

（一）广覆盖宣传核心价值观

2014年以来，光明日报开展了"家风家教大家谈"征文活动、"礼敬中华优秀传统文化"活动，推出了《校训的故事》《新乡贤·新乡村》《企业精神寻访录》《品牌背后的故事》《三严三实·我们这样做》《培育和践行社会主义核心价值观·干部担当》等专栏，实现了培育和践行社会主义核心价值观在家庭、学校、农村、企业、机关等领域宣传报道的全覆盖。

光明日报还综合运用新闻报道、理论评论、诗歌散文等多种形式宣传核心价值观，实现了核心价值观宣传体裁样式的广覆盖。光明日报在一版头条位置推出的《让道德成为市场经济的正能量》《君子文化与社

会主义核心价值观》等"光明专论"，紧扣核心价值观的重大思想理论问题进行论述，在众声喧哗的舆论环境中发出主流声音，在思想观点的交锋中倡导主流价值，强化人们对培育和践行社会主义核心价值观的认知认同，产生了很大的社会影响。

（二）融媒体报道核心价值观

光明日报积极调动各种新闻元素，充分运用多媒体手段，务求在核心价值观宣传入脑入心上取得实效。

在中宣部的指导下，光明日报与中国人民大学、中国伦理学会合作开展了"核心价值观百场讲坛"活动，2016年起，中宣部宣教局和光明日报联合开展这项活动，通过整合报纸、网站、微信、微博和客户端，以一流专家和践行核心价值观典范演讲、报社内不同终端融合、与兄弟媒体合作宣传的方式，立体传播社会主义核心价值观。目前已开展了36场活动，现场聆听近两万人，收看节目网民近1亿人次，800多万网民参与交流互动。

2014年9月，光明日报推出了《培育和践行社会主义核心价值观·百家经验》专栏。光明网同步推出"百家经验"主题页面和报道专区，配发大量图片和微视频，并在首页重点推介。光明日报法人微博发起"百家经验·我们的价值观"话题，与微友互动交流。不同媒介的报道形成了整合传播效果，融媒体传播方式有效拉近了"百家经验"与受众的距离。

（三）全栏目传播核心价值观

光明日报通过不同内容层次、不同刊发频率专栏的合理搭配，实现了核心价值观宣传的全栏目融入。《培育和践行社会主义核心价值观》是光明日报的一个常设栏目，从2012年底推出以来，已刊发160多篇报道。2015年以来，光明日报还立足自身特色，精心策划推出了《地名的故事·那些历史那些乡愁》《我的座右铭·当代国人的修身故事》《新邻里·新民风》等一批产生广泛影响的核心价值观宣传原创专栏。同年 4 月 30 日，在五一劳动节前夕，光明日报策划推出了《劳模家书》专栏报道，生动讲述劳模家书背后的感人往事，呈现劳模的内心世界、美好情怀，抒写广大劳模"爱岗敬业、争创一流，艰苦奋斗、勇于创新，淡泊名利、甘于奉献"的崇高精神和价值追求，唱响了劳动光荣、创造伟大的时代强音。

二、以文化传播和滋养社会主义核心价值观

培育和践行社会主义核心价值观是一项系统工程，其中一个重要方面就是依靠文化的滋养，并通过文化来传播。光明日报的特色在文化、优势在文化。我们立足自身特色和定位，在社会主义核心价值观宣传报道中突出文化特色，突出文化内涵，通过文化的滋养和催化，使核心价值观宣传报道直指人心。

（一）发掘中华优秀传统文化，深耕厚培当代价值。

中华优秀传统文化蕴含着丰富精神价值、深厚的道德资源，光明日报从中发掘符合当今时代需要的思想价值，深耕厚培当代价值。

家庭是德行培育和文化传承的第一驿站，家风家教具有优先、初始的文明和文化意义。光明日报与中央电视台开展的"家风家教大家谈"征文，上通文脉、下接地气，激发了众多读者对家风家教文化内涵的深入探寻，唤醒了广大民众对家风家教文化育人的美好记忆。

乡贤文化是中华文化的宝贵资源，蕴含丰富的人文道德力量。光明日报推出的《新乡贤·新乡村》系列报道深入挖掘浙江、广东、湖南等地传承乡贤文化、进行乡村治理的新鲜故事与经验，刊登的专家学者访

谈和专论，深刻阐释了乡贤文化对传播和滋养核心价值观的重要意义。这一报道得到中央领导同志的充分肯定。在中央领导重视和中宣部推动下，现在各地呈现出宣传推崇新乡贤、继承创新乡贤文化、滋养弘扬核心价值观的热潮。

（二）提炼不同领域文化内涵，与核心价值观交集共振

十八大以来，光明日报深入研究家风文化、校训文化、乡贤文化、企业文化、邻里文化和地名文化，开掘和提炼其中与社会主义核心价值观相贯相通的精神价值，通过《校训的故事》《新乡贤·新乡村》《品牌背后的故事》《新邻里·新民风》《地名的故事·那些历史那些乡愁》等专栏专题系列报道，传播和弘扬这些领域文化中蕴含的高尚精神追求和崇高价值理念，使不同领域文化内容与核心价值观形成交集和共振，很好地促进了核心价值观入脑入心。

2014 年 4 月，光明日报推出了《校训的故事》专栏报道，通过阐发校训的由来、传承和发展，讲述知名大学校训背后的故事和优秀校友成长的历程，展现了校训蕴含的精神追求和文化特质，凝聚了广大师生的价值认同。刘奇葆同志到光明日报调研时，对《校训的故事》专栏给予充分肯定，并要求发挥校训对传播和涵养核心价值观方面的作用，让校训成为广大师生的行为规范和学校的优良风气。按照奇葆同志指示，光明日报进一步推出"校训的故事·忆述""校训文化专家谈""校训传播核心价值观·寻思录""校训的故事·开学第一课"等新系列，使校训报道更加丰满、更加生动，并随后与中宣部、教育部一起，成功举办了"大学校训传播社会主义核心价值观"研讨会。

2015 年 3 月，光明日报与民政部区划地名司合作推出了"地名的故事·那些历史那些乡愁"系列报道，寻访地名流变背后的乡愁故事，追踪地名乱象治理的经验得失，探讨地名文化建设的思路和对策，很好地传播了地名文化知识，弘扬了社会主义核心价值观，受到广泛关注。

三、讲好故事，用先进典型弘扬和引领核心价值观

先进人物、先进典型犹如一面镜子，其言行故事蕴藏着砥砺人心、烛照时代的精神力量。十八大以来，光明日报致力于发现和发掘并生动讲述有光明日报特色的"中国故事"。光明日报特色的"中国故事"，主要是一批典型人物和他们的精彩故事，是一批中国知识分子爱国奉献、创业创新的故事，是一批文化和文化人的故事，其中很多成为时代楷模、道德模范，入选"感动中国人物"。这些人物、这些故事充分展现了中国人民真善美的精神世界、道德力量，传播和弘扬了社会主义核心价值观。

（一）发掘典型人物的当代价值，讲富于时代气息的好故事

在典型人物报道中，光明日报注重站在党和国家工作大局，把握时代变革与发展的大主题，发掘典型人物身上道德品质、人生追求的当代价值，讲富于时代气息的好故事。

十八大以来，全面推进从严治党、大力反腐倡廉成为党和国家的重要工作。2015年2月6日，光明日报在副刊《光明文化周末》以整版篇幅，刊发纪实散文《一位财政部长的两份遗嘱》，讲述了已经去世10年的财政部原部长吴波廉洁自律的故事，在反腐倡廉的形势下，向人们呈现了一个共产党人应有的高尚形象。文章被多家主流网站转载，得到多个有影响力微信公号的推送。当年两会期间，中央新闻单位随即对吴波的先进事迹进行了集中报道，淡泊名利、克己奉公的"吴波精神"一经传播，立刻赢得众口称赞。

（二）以发现的眼光和关爱的情怀，讲述普通人不平凡的故事

光明日报推出的很多典型人物，都是记者在深入基层中发现的。为了一个典型人物的报道，光明日报的记者可以连续几年跟踪关注，持续数月贴身采访，再花几周打磨成稿。秉承这种向广度和深度不断拓展的理念，光明日报逐渐形成了以"发现的眼光和关爱的情怀"来讲述核心价值观故事的特色思路。

2014年5月29日，光明日报一版头条刊发《在泥土中，叩问生命的意义——记时代楷模、农业科学家赵亚夫》。光明日报记者、"范长江新闻奖"获得者郑晋鸣在基层蹲守、深入采访的基础上，报道了农业科学家赵亚夫53年扎根农村，从扶贫式开发到致富式开发再到普惠式开发，用自己独特的"三部曲"创新"三农"发展模式，带领村民走上新型农业小康之路的故事。赵亚夫身上的担当和"探路人"气质，感染和鼓舞了很多人，被誉为"点燃大地的活雷锋"，并获得"时代楷模"的称号。2014年底，习近平总书记在江苏考察时，深入镇江市世业镇先锋村农业园调查了解现代农业发展情况，同赵亚夫同志进行了亲切交谈，赞扬他做给农民看、带着农民干、帮助农民销、实现农民富，赢得了农民群众爱戴，"三农"工作需要一大批这样无私奉献的人。

（三）让典型有"烟火气""人情味"，讲人类共通情感的好故事

在典型人物报道中，光明日报不求高大完美，而求可亲可信，将注意力更多地投向普通人的悲欢离合、命运变迁，挖掘先进典型身上的"烟火气""人情味"，讲人类共通感情的故事，让不同的人群在潜移默化中接受和认同社会主义核心价值观。

2013年6月17日，光明日报一版头条刊发通讯《听油菜花开的声音》，报道农民沈昌健一家35年前赴后继、矢志不渝培育超级杂交油

菜的故事。记者把沈昌健、沈克泉父子还原到现实生活中，在矛盾冲突中展现人物的追求，讲述他们在没有任何经济回报情况下，经历一次又一次的实验失败，承受各种冷嘲热讽，全力培育杂交油菜的经历。报道依靠细节和情节呈现人物的内心世界，生动展示了中国梦与普通人的深刻关联。多家媒体特别是网络媒体跟进报道，"油菜花父子"成为2013年"感动中国人物"。在有关这篇报道一个的报告上，中央领导批示"讲好故事事半功倍"。

四、对创新社会主义核心价值观宣传的思考

核心价值观宣传是光明日报新闻报道的一大亮点和核心竞争力。总结十八大以来光明日报在核心价值观宣传方面的创新探索，可以得到以下启示：

（一）核心价值观宣传要顺应大势主动融入全党工作大局

2013年8月19日，习近平总书记在全国宣传思想工作会议上强调，宣传思想工作一定把围绕中心、服务大局作为基本职责，胸怀大局、把握大势、着眼大势，找准工作的切入点和着力点，做到因势而谋、应势而动、顺势而为。核心价值观的宣传也必须顺应大势，主动融入全党工作大局，掌握好时、度、效，这样才能达到理想的传播效果。这些年，光明日报在核心价值观报道中注重紧密联系全党工作大局，同时注意结合当代受众的思维习惯、接受心理，发现、发掘生动感人的典型，讲述和描写内涵丰厚的故事，设置和聚焦具有浓郁文化特色的话题和议题，从而激发受众情感共鸣、达成社会共识。如在中央全面从严治党、深入反腐倡廉的大形势下，光明日报推出财政部原部长吴波廉洁自律的感人报道，契合了公众对共产党人应有形象的期待，取得了很好的宣传效果。

在大众创业、万众创新风起云涌之际，讲述沈昌健父子不畏艰辛、创业创新的故事，生动展现了"油菜花父子"的"中国梦"，产生"事半功倍"的宣传效果。同样，家风家教、校训校风、座右铭，乡贤文化、地名文化、邻里文化系列报道之所以产生广泛的传播力和影响力，原因也正在于此。

（二）把讲好故事作为增强核心价值观宣传吸引力感染力的重要手段

中央领导"讲好故事事半功倍"的批示，为新闻媒体增强核心价值观宣传的吸引力感染力指出了一条有效途径。我认为：讲故事区别于讲道理。讲道理是宣传的内核，如果没有包装，内核就会陷于抽象。而讲故事，是再现具象元素、使受众进入生动场景的方法，是使讲述内容与受众最贴近的方法。光明日报的核心价值观宣传注重讲故事，在典型人物报道中，突出以人们共通的情感和价值追求为出发点讲述故事，让读者读起来"感同身受"。两年多来，光明日报又在努力讲文化和文化人的故事，通过讲故事的方式，深入挖掘优秀传统文化当代价值，传播和滋养核心价值观，显示了很强的吸引力、感染力、传播力、引导力。

（三）适应媒体格局变化大势不断创新核心价值观传播方式

随着互联网尤其是移动互联网的发展，人们的注意力已发生大规模的迁移，"两微一端"等新兴媒体日渐成为人们获取信息的重要渠道。核心价值观的宣传必须适应这种变化，创新传播方式，做到人在哪里，阵地就拓展到哪里。光明日报注重以融媒体方式宣传核心价值观，在"核心价值观百场讲坛"活动中，充分发挥各媒介特性，让各种媒体融会互动，产生传播场的化学反应，使每一场活动都形成一个融媒体产品，取得了优良的传播效果。"核心价值观百场讲坛"现已成为"宣传社会主义核心价值观的标杆性活动"，得到刘云山、刘奇葆等中央领导的充分肯定。这给我们一个启示，媒体融合发展是宣传思想文化工作创新和核心价值观宣传创新的重大任务，要把核心价值观宣传创新和媒体融合发展紧密结合起来，在网上和社交媒体上唱响社会主义核心价值观的主旋律。

2016 年新春伊始，习近平总书记在北京主持召开党的新闻舆论工作座谈会并发表重要讲话，高屋建瓴地提出新闻媒体"高举旗帜、引领导向，围绕中心、服务大局，团结人民、鼓舞士气，成风化人、凝心聚力，澄清谬误、明辨是非，联接中外、沟通世界"的职责和使命。光明日报要牢记这些职责和使命，继续坚持把核心价值观宣传放在核心位置，进一步深化和强化党中央推进社会主义核心价值观建设的战略部署和宏伟实践的宣传报道，进一步用文化传播和滋养社会主义核心价值观，进一步发掘好讲述好核心价值观的故事，为使社会主义核心价值观"像空气一样无所不在、无时不有"，成为"百姓日用而不觉的行为准则"，为支撑起公民的精神高度和社会的文明程度，为构建"一个民族赖以维系的精神纽带"和筑牢"一个国家共同的思想道德基础"贡献应有的力量。

为国家立心 为民族铸魂

——十八大以来党中央推进和深化 社会主义核心价值观建设纪实

　　每个走向复兴的民族，都离不开价值追求的指引；每段砥砺奋进的征程，都必定有精神力量的支撑。

　　这种追求，虽百折而不挠；这种力量，"最持久最深沉"。

　　正如习近平总书记所言："人民有信仰，民族有希望，国家有力量。"

　　为国家立心，为民族铸魂。十八大以来，党中央大力推进、持续深化社会主义核心价值观培育和弘扬，"在人的心灵里搞建设"，久久为功，驰而不息。

　　以马克思主义科学理论为指导，以当代中国社会主义实践为基石，以历久弥新的优秀传统文化为滋养，强基固本的灵魂工程建设，凝聚起社会共识的"最大公约数"，彰显出日益强劲的中国精神、中国价值、中国力量，托举起跨越百年的光辉梦想——中华民族伟大复兴中国梦。

（一）提炼、提升、提振

——寻找"一个民族赖以维系的精神纽带"，筑牢"一个国家共同的思想道德基础"

2012 年 11 月 29 日，国家博物馆。

面对"复兴之路"展览呈现的壮阔历史，习近平总书记郑重提出"中国梦",并庄严承诺:"到中国共产党成立100年时全面建成小康社会的目标一定能实现,到新中国成立100年时建成富强民主文明和谐的社会主义现代化国家的目标一定能实现,中华民族伟大复兴的梦想一定能实现。"

黄钟大吕之音,富民强国之情。

在举国热望与世界瞩目中,以习近平同志为总书记的党中央带领中国人民开始了又一段壮阔航程。

然而,这艘扬帆航行的巨轮,面对的并非"潮平两岸阔"。在纷繁复杂的国际国内形势面前,能够充当"压舱石、定盘星"者,唯有坚若磐石的核心价值观。

从习近平总书记一次次语重心长的论述中,可以窥见党中央对核心价值观作用的清醒认识——

"核心价值观,承载着一个民族、一个国家的精神追求,体现着一个社会评判是非曲直的价值标准。""核心价值观是一个民族赖以维系的精神纽带,是一个国家共同的思想道德基础。如果没有共同的核心价值观,一个民族、一个国家就会魂无定所、行无依归。"

倡导富强、民主、文明、和谐,倡导自由、平等、公正、法治,倡导爱国、敬业、诚信、友善。党的十八大报告提出的"三个倡导",明确了社会主义核心价值观的基本内容,中华民族在新时代的精神旗帜昂然树起。

三年来,无论治国理政事务如何繁杂,以习近平同志为总书记的党中央始终把推进社会主义核心价值观建设视作重大战略工程,毫不松懈。

提高国家文化软实力;培育和弘扬社会主义核心价值观、弘扬中华传统美德;中华民族爱国主义精神的历史形成和发展——中央政治局集体学习中，第十二次、第十三次、第二十九次的主题均与核心价值观建设紧密相关。社会主义核心价值观的要义、内涵、作用等，在治国者们的学习与讨论中愈加清晰。

2013 年 12 月，中共中央办公厅印发《关于培育和践行社会主义核心价值观的意见》，明确提出：以"三个倡导"为基本内容的社会主义核心价值观"是我们党凝聚全党全社会价值共识作出的重要论断""为培育和践行社会主义核心价值观提供了基本遵循"，并全面阐述了培育和践行社会主义核心价值观的意义、原则、途径和方法，对这一"铸魂工程"作出了新的战略部署。

"用共同理想信念凝聚民族意志，用中国精神激发中国力量，动员全体中华儿女共同创造中华民族新的伟业。"正如习近平总书记在庆祝中华人民共和国成立 65 周年招待会讲话中指明的那样，提炼并确立社会主义核心价值观基本内容，提升理想信念、价值取向在国家治理中的层次地位，提振全体社会主义建设者的进取信心，新一届党中央精准发力，用非凡的中国精神凝聚起强大的中国力量。

（二）自信、自觉、自立
——抓住价值观自信这个"关乎民族精神独立性的大问题"，
以传统文化涵养核心价值观，抵御错误思潮侵扰

2012 年 11 月 17 日，十八届中共中央政治局第一次集体学习。

"理想信念就是共产党人精神上的'钙'，没有理想信念，理想信念不坚定，精神上就会'缺钙'，就会得'软骨病'。"新一届中央领导集体如何带领全国民众，坚持和发展中国特色社会主义？习近平总书记给出的答案之一，是"坚定理想信念"。

理想信念是价值观的核心要素。对理想信念的坚信、坚持与坚守，源自内心价值观的自信、自觉和自立。

精当表述背后，是党中央对价值观问题的长久思考与不懈求索。正如中共中央政治局常委、中央书记处书记刘云山多次强调的那样，增强价值观自信"是关乎民族精神独立性的大问题"，"有自信才会有自觉，有自信才会有清醒，有自信才会有定力"。

对自身的价值观信心坚定，方可始终保持对中国特色社会主义的道路自信、理论自信、制度自信、文化自信。

价值观并非无本之木，而是有根有源；自信并非凭空而来，实为有理有道。

我们的价值观，根源自马克思主义科学理论指导下凝聚的"胆气"——

党的十八大以来，马克思主义中国化理论创新成果喜人，进一步增强了我们的价值观自信。

我们的价值观，根源自中国特色社会主义实践伟大成就奠定的"底气"——

中国作为世界经济"火车头"的地位仍然稳定，经济"新常态"下备感艰辛却砥砺前行的三年，验证着中国特色社会主义道路的正确方向。"这条道路既不是'传统的'，也不是'外来的'，更不是'西化的'，而是我们'独创的'，是一条人间正道。"习近平总书记的话语充满了力量，揭示了这条道路的独特魅力。

我们的价值观，根源自中华传统文化滋养的"志气"——

"中国人独特而悠久的精神世界，让中国人具有很强的民族自信心，也培育了以爱国主义为核心的民族精神。""中华优秀传统文化是中华民族的精神命脉，是涵养社会主义核心价值观的重要源泉，也是我们在世界文化激荡中站稳脚跟的坚实根基。"习近平总书记多次阐明传统文化与核心价值观之间的关系，并通过考察曲阜孔府、过问贵州孔子学堂办学情况、了解《儒藏》编纂等不断提醒国人：传统中有我们的精神基因，文化中有民族的志气底蕴。

一手"培土夯基"，稳固传统文化之根基，以中华优秀传统文化涵养社会主义核心价值观。

倡导优良家风。"不论时代发生多大变化，不论生活格局发生多大变化，我们都要重视家庭建设，注重家庭、注重家教、注重家风，紧密结合培育和弘扬社会主义核心价值观，发扬光大中华民族传统家庭美德。"2015 年除夕来临之际，习近平总书记在春节团拜会上特意强调。家教家风成为推进社会主义核心价值观落地生根的重要抓手。2016 年 1 月 1 日实施的《中国共产党廉洁自律准则》中，"廉洁齐家，自觉带头树立良好家风"上升为党员领导干部的基本要求。

培育乡贤文化。乡贤文化是中国君子文化的典型代表，它根植乡土，蕴含着见贤思齐、崇德向善的力量。十八大以来，各地既重"古贤"又重"今贤"，重构乡村本土文化，敦厚民心民风，激励向上向善，有力促进了社会主义核心价值观在乡村扎根。

重视传统节日。十八大以来，由中宣部、中央文明办主办的"我们的节日"主题活动秉承"长中国人的根、聚中国人的心、铸中国人的魂"宗旨，以民族传统节日为契机弘扬中华优秀传统美德，让传统节日成为爱国节、文化节、道德节，情感节、仁爱节、文明节，彰显了节日文化内涵，树立了节日新风。

一手"拨云见日"，破除错误思潮之迷障，在西方价值观攻势面前岿然不动。

社会主义核心价值观的每个关键词，既根源于中华优秀传统文化，又充分吸取了现代人类文明的优秀思想，"实际上回答了我们要建设什么样的国家、建设什么样的社会、培育什么样的公民的重大问题"，与西方价值标准有着清晰分野——

"富强、民主、文明、和谐"的国家价值目标，与"五位一体"总体布局紧密联系，彰显了中国特色社会主义的广阔前景；

"自由、平等、公正、法治"的社会价值取向，与国家、公民两个层面上下衔接，是推进社会治理创新的根本遵循；

"爱国、敬业、诚信、友善"的公民价值准则，外化为道德建设与行为准则，体现了社会文明水准与国家精神风貌。

坚定的价值自信，扎根于中华大地。任尔千磨万击，不惧狂风乱吹。

（三）落细、落小、落实
——使社会主义核心价值观"像空气一样无所不在、无时不有"，成为"百姓日用而不觉的行为准则"

认识的深化与升华，带来行动的提升与飞跃。党的十八大以来，社会主义核心价值观弘扬与践行更重顶层设计、更富内在驱动，渗透到治国理政各个环节，浸润于社会生活方方面面，尽显其"为益之大，收功之远"。

2015年9月3日，中国人民抗日战争暨世界反法西斯战争胜利70周年纪念大会阅兵现场。

300余名抗战老兵组成的乘车方队率先经过天安门城楼。苍苍白发，熠熠勋章，微微颤抖的军礼表达着对祖国强盛的敬意。掌声如潮水般涌起，泪水模糊了无数双眼睛。

2015 年 12 月 13 日，南京大屠杀死难者国家公祭仪式在南京市侵华日军南京大屠杀遇难同胞纪念馆举行。这是 2014 年 2 月底全国人大以立法形式将 12 月 13 日设立为南京大屠杀死难者国家公祭日之后，我们第二次以国之名悼念逝者。首个公祭日，习近平总书记出席公祭仪式并发表重要讲话。

"爱国"，世人深知这份情感的可贵。十八大以来，以习近平同志为总书记的党中央高扬爱国主义旗帜，把弘扬伟大的爱国主义精神作为核心价值观建设极为重要的任务贯穿到国民教育和精神文明建设全过程，利用各种时机和场合，生动传播爱国主义精神，引导人们"树立和坚持正确的历史观、民族观、国家观、文化观，增强做中国人的骨气和底气"。

2014 年 12 月 4 日，首个国家宪法日，最高人民法院。

"忠于祖国，忠于人民，忠于宪法和法律，忠实履行法官职责，恪守法官职业道德，遵守法官行为规范，公正司法、廉洁司法，为民司法，为维护社会公平正义而奋斗！"40 余名来自最高法和地方法院的模范法官面向宪法和国旗庄严宣誓。

此前一个多月，十八届四中全会通过《中共中央关于全面推进依法治国若干重大问题的决定》，开启了中国法治新时代。

此后，党中央秉持"依法治国和以德治国相结合"原则，一面健全有效防范和及时纠正冤假错案的工作机制，重铸法治底线，一面把核心价值观融入法治建设，用善法良策的刚性约束有力支撑核心价值观建设，强化人们的道德判断力和道德责任感。

2016 年 1 月 3 日，北京朝阳区人民法院通过媒体公布 269 名"老赖"

名单，限制他们进行高消费，某歌手赫然在列。1月4日，法院执行法官即收到该歌手的还款彩信凭证。

十八大以来，在党中央指导和推动下，有关部门针对群众反映强烈的突出问题进行专项整治，用反面典型警示人，把歪风邪气压下去。"两高"出台打击网络谣言的司法解释，一批网络"大谣"认罪服法；中央文明委印发《关于推进诚信建设制度化的意见》，通过曝光、限制高消费等一系列举措打击各种"老赖"行为，有效遏制了不诚信现象蔓延。

社会主义核心价值观的弘扬与践行，无所不在，无处不有。2015年4月，中央宣传部、中央文明办印发《培育和践行社会主义核心价值观行动方案》，分解出30多项重点任务。按其部署，核心价值观"融入经济社会发展，融入人们生产生活，融入家庭家风家教"，富有实效的创新手段不断涌现。

一方面抓好重点人群，稳固核心价值观的根与魂。

"打铁还需自身硬"，领导干部这个"关键少数"必须成为践行社会主义核心价值观的先行者、好样本。八项规定、群众路线教育实践活动、"三严三实"专题教育、"打虎拍蝇"……一系列举措显著净化了政治生态，党员领导干部带头走正路、干正事、扬正气，有效激发了全社会崇德向善的正能量；"人生的扣子从一开始就要扣好"，核心价值观培育从少年儿童抓起，从青年学生抓起，融入国民教育全过程，为未来整个社会的价值取向夯基垒土。

一方面注重全面覆盖，放大凡人善举、平凡英雄的光与热。

全国道德模范评选、时代楷模发布、感动中国人物表彰，"身边好人""寻找最美"……三年来，舍己救人的"最美教师"张丽莉，捐资助学、扶贫济困的将军夫人龚全珍等无数道德灯塔在全国挺立，照亮了整个社会的价值星空。道德模范形成了强大的示范效应，学雷锋、志愿服务在大江南北蔚然成风，与文明城市、文明村镇、文明单位、文明家庭、文明校园等创建活动同频共振。善行河北、安徽好人、感动浙江……从一个身边好人的凡人善举，到一群道德模范的身先士卒；从一座城市的好人频出，到一个社会的崇德尚善。细水长流的日常熏陶，使人们从心底迸发出对善的敬重、对美的向往，成为这个时代最引人瞩目的精神力量。

一项项治理举措扎实有力，一个个道德痼疾得以疗治。三年来，社会风气发生潜移默化的变化，时代精神风貌开始逐步重塑。高远的价值追求在切近的现实生活中扎下根须，旺盛生长，支撑起公民的精神高度和社会的文明程度。

（四）交流、交融、交汇
——从世界多彩文明中汲取丰富营养，为人类共同价值贡献东方智慧

1月21日，在对伊朗进行国事访问之际，习近平署名文章《共创中伊关系美好明天》见诸《伊朗报》。饱含历史与情感的文字，尽显今日中国敞开怀抱、文明互鉴的真诚心愿。

今日中国，携5000年悠久文明精髓对接全新时代。"一带一路"构想赢得60多个国家响应，亚洲基础设施投资银行成功开业，加入上百个政府间国际组织，签署300多个国际公约，在亚太经合组织、上海合作组织、二十国集团、金砖五国等重要多边合作机制中担任重要角色。随着朋友圈越来越大，我国提出的"亲诚惠容"等外交理念深入人心，以合作共赢为核心的新型国际关系构建有力，打造人类命运共同体、责任共同体、利益共同体的倡导引起广泛共鸣。

以习近平同志为总书记的党中央引领当代中国，以新的理念新的姿态健步走向世界舞台中央。

2015年9月28日，纽约联合国总部。

"'大道之行也，天下为公。'和平、发展、公平、正义、民主、自由，是全人类的共同价值，也是联合国的崇高目标。目标远未完成，我们仍须努力。"习近平出席第七十届联合国大会一般性辩论并发表重要讲话。

掌声如潮，经久不息，传递着世界各国对中国领导人倡导"全人类共同价值"，坚持多边主义、奉行多赢共赢新理念的高度肯定。

"全人类共同价值"，是对"人类命运共同体"在思想理念层面的深度挖掘，是对世界各国自觉奉行的价值准则的高度概括。它反映着世界最广大民众的价值理想、价值愿望和价值追求，是人类处理各类关系的共同准则。

但是，"全人类共同价值"不是西方所谓的"普世价值"——

"普世价值"是和"普世模式"连在一起的，它折射的是某些西方国家的强权和霸道。一些西方国家以居高临下的姿态，宣扬所谓"普世价值"，其实质是推销自己的"民主国家体系"和"自由体制"，用自己的尺子来衡量世界。他们不管一个国家、民族的意愿和实际，要求各文明参照他们的标准进行自我改造和转型，"普世价值"只是维护其世界统治地位、实现其最大利益的工具。

而在"全人类共同价值"面前，各个国家和民族是平等的，也是自主的。它承认和平、发展、公平、正义、民主、自由是大家都认可的价值观，大家都在为之努力，但每个国家的历史文化、发展阶段不一样，在追求的过程中有先有后，要正视这种差异。任何国家都不能简单地否认他国的努力，把自己的模式强加到别国头上。

"民主和人权是人类共同追求，同时必须尊重各国人民自主选择本国发展道路的权利。"2015年9月25日，习近平主席在同美国总统奥巴马共同会见记者时的回答掷地有声，清晰地表明了中国的立场。

　　这三年来的理论探索和实践表明：社会主义核心价值观与"全人类共同价值"是内在相通的——

　　中国文明的发展不是站在人类现代文明之外的发展，而是主动融入、引领世界潮流的发展。社会主义核心价值观，既植根于5000多年中华文明的丰厚土壤，也汲取着全人类共同文明成果和共同价值的丰富营养，它是全人类共同的文明成果和共同价值的升华和具体体现。

　　中国特色社会主义建设取得的巨大成就，早已确证中国道路对世界和平发展的重要启示意义，彰显中国道路向前延展的价值理念支撑，也因此成为"人类共同价值"宝贵的智慧资源，不断为世界各国尤其是发展中国家提供极富价值的参考。

　　社会主义核心价值观，是中国对全人类共同价值的重要贡献，也是中国对人类文明包容互鉴所作的郑重承诺。

　　这三年来的理论探索和实践同时表明：作为中国特色社会主义事业的基本价值引领，社会主义核心价值观与所谓"普世价值"有本质的区别。社会主义核心价值观所倡导的民主，是人民民主、是人民当家作主；自由，是人民民主专政下的自由，是同纪律有机统一的自由；公正，是人人平等、人人享有的公正；法治，是坚持党的领导、人民当家作主、依法治国有机统一的法治……

　　只有生长于本民族文明土壤中的价值观，才能对"全人类共同价值"提供文明互鉴的独特价值；只有代表人类前进方向的价值观，才能对世界产生感召力和影响力。

从"和谐中国"到"和谐世界"，从"社会主义核心价值观"到"全人类共同价值"，从人类"命运共同体"到"价值共同体"，中国不断基于成功实践为世界贡献理念与价值，也拓展与增进世界各国对中国理念、中国价值的认同。

"亚洲发展的美好愿景，同国家富强、民族振兴、人民幸福的中国梦是相通的。"马来西亚总理纳吉布说。

"中国的梦想不仅关乎中国的命运，也关乎世界的命运。"英国《金融时报》刊文称。

这让人回想起2014年5月4日，回想起总书记与北京大学师生座谈时对"青年要自觉践行社会主义核心价值观"的殷殷期望，回想起总书记那番充满自信的话语：

"站立在960万平方公里的广袤土地上，吸吮着中华民族漫长奋斗积累的文化养分，拥有13亿中国人民聚合的磅礴之力，我们走自己的路，具有无比广阔的舞台，具有无比深厚的历史底蕴，具有无比强大的前进定力。"

这是向世界传递的中国声音，这是向世界表达的中国信心。

今天，"十三五"新航程正在开启，全面建成小康社会只待冲刺，中国迎来了实现复兴梦想的关键节点。

以中国之名，因人民之托，我们扬高尚精神阔步前行，我们拥磅礴之力坚定逐梦！

（新华社北京2月4日电，人民日报、光明日报2月5日一版头条刊发，作者为光明日报记者王斯敏、谢文、张春丽）

目录

新乡贤，新乡村

乡贤文化与核心价值观

目录

后记

新乡贤，新乡村

乡贤，多是饱学之士、贤达之人。重构传统乡村文化，需要一批有奉献精神的乡贤。从乡村走出去的精英，或致仕，或求学，或经商，而回乡的乡贤，以自己的经验、学识、专长、技艺、财富以及文化修养参与新农村建设和治理。他们身上散发出来的文化道德力量可教化乡民、反哺桑梓，泽被乡里、温暖故土，对凝聚人心、促进和谐、重构乡村传统文化大有裨益。

光明日报二〇一四年七月起推出『新乡贤·新乡村』系列报道，记叙各地重构传统乡贤文化、创新乡村治理的故事和经验。

乡贤回乡，重构传统乡村文化

——浙江"乡贤文化"与乡村治理的采访和思考

刘伟 严红枫 叶辉 裘浙锋[1]

2014年两会期间，全国政协收到一份《关于在全国推广乡贤文化研究的建议》的提案，提案人是全国政协委员、香港利万集团董事长兼总裁王志良，案由是：希望向全国推广浙江省绍兴市上虞区（原上虞市）弘扬乡贤文化的做法。

王志良认为，每个人都有自己的故乡，无论走到哪里，心头始终有浓浓的乡情和乡恋。乡贤文化是一个地域的精神文化标记，是连接故土、维系乡情的精神纽带，是探寻文化血脉，张扬固有文化传统的一种精神原动力。上虞乡贤研究会

---

1 刘伟、严红枫、叶辉为光明日报记者，裘浙锋为光明日报通讯员。

在研究发掘和整理积累区域文史资料、抢救当地濒临消失的文化遗产、联络走访乡贤游子上发挥了重要作用，极大地推动了当地经济、文化、社会的发展。

王志良推崇的"乡贤文化的上虞现象"，正是绍兴实施的"基层治理现代化试验区建设"计划所期望的。记者2014年6月中旬来到绍兴，采访这一计划实施情况。绍兴市委书记钱建民表示，这项计划针对的是一个亟待解决的社会问题：城市化浪潮下，农村空壳化背后的乡村治理现代化。

城市化不能以农村空壳化为代价

"基层治理现代化试验区建设"计划的设计者是绍兴市委组织部，绍兴市委常委、组织部部长吴晓东道出了推出这一计划的背景：乡村治理，呼应的是一项时代命题。据全国政协常委、国务院参事冯骥才调查，中国现在每天有300个村庄消失。城市化背景下的乡村该如何发展？乡村社会该如何治理？这一命题，正在叩问中国。

2011年，中国城镇人口首次超过农村人口，占比达51.27%。城市化快速发展改变着中国农业国的面貌：改革开放初期农村家庭承包责任制热潮随着城市化的推进逐渐消退，农民对土地的依恋逐渐消失，挣脱土地束缚的愿望日益强烈，新生代农民成百上千万地涌向城市，掀起了世界上规模最大的农民进城潮。

当农民奔向城市务工、生活时，他们很快发现，让城市接纳他们是何其之难，要想融入城市生活更是难上加难。外出务工潮也导致了乡村精英的严重流失，农村人心离散、人去地荒，中国乡村正经历史无前例的衰变。

当改革开放让9亿农民衣食无忧之后，农民为什么对"老婆孩子热炕头"的传统生活方式感到厌倦，以至要逃离农村，宁肯漂在城市也不愿意回乡？乡村的传统魅力去哪儿了？是国家对农村、农业、农民不重视？

绝非如此！党的十六大以来，国家对农村的重视史无前例，延续了上千年的"皇粮国税"被废止；新农村建设成为国家战略，中央连续出台强农惠农富农政策以减轻农民负担、提高粮食产量、增加农民收入、改善农村状况；构建覆盖城乡的社会政策体系，改革农村义务教育经费保障机制，建立新型农村合作医疗制度、农村最低生活保障制度、新型农村社会养老保险制度，加快城乡一体化进程。我国农业发展、农民增收、农村社会进步，都处于历史上最好的时期。

那么，乡村为何变得如此缺乏吸引力？绍兴市的店口镇，或许能为中国的乡村治理和城镇化之路带来一种新的启示。

店口，一个曾经赤贫的纯农业半山区乡镇，改革开放后一跃发展成中国东部省份最富裕的工业镇，人均GDP达2.5万美元。

在乡镇企业遍地开花的绍兴，就经济发展而言，店口只是一个缩影，但就基层治理而论，店口确实有着不少先行者的探索：请民工输出地的民警来管理本镇的外来务工人员，请"娘家人管婆家事"；选择不同行业365个普通人的照片上墙，让老百姓获得荣誉感；将村干部履职期间对村民的承诺以及村民对村干部的诉求刻在桌凳上的"村民桌凳"……种种创新使这个小镇被上海世界城市双年展城市馆选中，成为世界30个参展城市之中唯一的中国城市。

曾赴店口调研社会治理课题的浙江大学公共管理学院院长郁建兴教授说，农业已成弱质产业，农民已成弱势群体，农村成为落后地区，"三农"问题已成为反现代化和逆现代化的存在。

店口的别开生面之处在于，传统乡村的伦理道德网络使得这个小社会温情脉脉，而在进入现代社会后，在公共文化供应、基层民主建设领域的一系列借助公共艺术的实验与探索，使得店口在社会参与、互动的过程中，构建起一个共同体。现代化的到来，并没有让原有的人际、文化碎片化，反而增强了地方认同和尊荣感。

"城镇化的要义，不在于物理空间上的塑造，根本是对人的塑造。"这个江南小镇的实践，给赴店口调研的吴晓东留下深刻印象。

城市化绝不能以农村空壳化为代价，更不是为了消灭农村！乡村治理迫在眉睫，农村的严峻现实必须改变！

让传统乡村文化回归

"让居民望得见山、看得见水、记得住乡愁"——中央城镇化工作会议对于城镇建设的要求，在社会上引起强烈反响，也唤起了人们对乡贤、乡绅及乡贤文化、乡绅文化的记忆。

乡愁，正是凝聚乡村社会的文化基因之一。千百年来，多少从乡村走出的精英，或致仕，或求学，或经商，最后都会被乡愁牵引，或衣锦还乡，或叶落归根。他们用自己的人生经历为乡民树立了榜样，成为道德教化的楷模，成为社会稳定的力量。

记者在店口遇到镇党委书记方维炯时，他正陪同店口乡贤、新加坡睿思环境集团开发总监张迪松作回乡投资考察。"我们集团决定到中国投资，我首选家乡。"张迪松说。

据方维炯介绍，该镇从2011年起每年上门慰问看望店口在外人员亲属，这一做法始于他的前任、现绍兴市委组织部副部长张壮雄。方维炯向记者出示了《店口镇在外知名人士父母慰问表》，总数达94人。

"乡贤是店口的骄傲。作为乡贤家乡的干部，我们希望通过自己的工作，让乡贤的亲属得到照顾，使乡贤多一分对家乡的牵挂。"方维炯说。

乡愁牵动乡贤，乡贤回乡则能在基层治理中发挥作用。有学者认为，当前中国需催生新的乡绅阶层，这对传统乡村文化的重构、乡村社会的稳固作用巨大。

基于这一考虑，绍兴在重构乡村治理的计划中，把发挥乡贤作用纳入其中，呼吁退休的官员、专家、学者、商人回乡安度晚年，以自己的经验、学识、专长、技艺等反哺桑梓，以延续传统乡村文化的文脉，使回乡的乡贤成为基层治理的重要力量。

"近年浙江鼓励浙商回归，其实更应该鼓励浙贤回归。"钱建民说，"乡村要繁荣，离不开城市的反哺，乡贤回乡就是城市对乡村的一种反哺。过去乡村精英学而优则仕，年壮在朝为仕，年老返家为绅，由官宦到乡绅，这是中国传统读书人的人生轨迹。这些人回乡后，以自己的成功人生为乡村树立起人生和道德的榜样。今天，从乡村走出去的精英成为典范，在奉献了自己的一生之后，在城市无所事事是一种巨大的浪费。如果他们能回到乡村，对乡村社会影响巨大，哪怕什么也不做，他们身上发散出来的文化道德力量对乡民都能起到潜移默化的作用。因此，呼唤乡贤回乡，对重构乡村文化意义重大。"

重构乡村文化，发挥乡贤作用，"乡贤文化的上虞现象"堪称典范，这正是王志良吁请在全国推广乡贤文化研究的建议所涉及的内容。

"乡贤回乡的上虞现象"

东汉哲学家王充，东晋名相谢安、山水诗人

谢灵运，近现代国学大师马一浮、罗振玉，教育家经亨颐、夏丏尊、陈鹤琴，气象学家竺可桢，光明日报首任总编辑胡愈之，"中国当代茶圣"吴觉农，园林学家陈从周，著名导演谢晋，中国奥运之父何振梁，对国人来说，这些硕彦鸿儒震古烁今，而他们都是上虞的乡贤。

丰富的乡贤资源使一个机构诞生：上虞乡贤研究会于2001年成立，宗旨是"挖掘家乡历史，抢救文化遗产，弘扬乡贤精神，服务上虞发展"。"上虞成功人士遍布全国各地，是上虞的宝贵财富。不加抢救，过几代他们就会淡忘了籍贯，忘了自己的根。"会长陈秋强接受记者采访时说，"这些年，研究会的重要工作之一就是抢救乡贤。"

据陈秋强介绍，2001年，北京申奥成功，申奥功臣何振梁引起关注。有信息透露，何振梁是上虞人，乡贤会获悉后马上展开调查。何振梁对自己的祖籍记忆模糊，乡贤会很快掌握了大量证据，证明他确是上虞人。乡贤会马上在媒体上刊发文章《为乡贤何振梁喝彩》。看到文章和证据，何振梁感激乡贤会为他搞清了一个连自己都不太清楚的问题，欣然承认自己的祖籍。

乡贤会成立之后，一直真诚为乡贤提供服务。

"稀土之父"徐光宪，国家最高科技奖获得者，是上虞汤浦人，但因久居外地，连自家的祖坟也找不到了。陈秋强偶然获悉此讯，便一次次赴汤浦寻找，终于在下徐村找到了徐家祖坟，遂联系一家企业捐资对徐家祖坟进行修缮。徐光宪闻此深为感动，邀在美国的女儿和外孙女专程回乡祭祖。徐光宪真诚地对陈秋强说："我们将永远铭记家乡的恩德。如果我和孩子们能为家乡做些什么，务请告知。"

编撰《虞籍名士通讯录》，开展"走近虞籍乡贤"采访活动，开辟"上虞乡贤名人展厅"，乡贤会的工作使乡贤文化成为上虞的一个窗口、青少年德育教育基地、对外文化名片。

新世纪前后的数十年间，上虞各地耸起了18栋教学楼。这些教学楼的背后，是一个动人的故事：一个乡贤，用一个个茶叶蛋和浓香扑鼻的粽子堆垒起这些巍峨的楼宇——张杰，香港以卖螃蟹、粽子和茶叶蛋为生的小贩，一家三代居住在30平方米的小房子里，省吃俭用，却先后向故乡捐赠了1200万港币，甚至连儿女孝敬他生日的钱也被他悉数捐出，为家乡建造了18栋校舍，捐赠了无数的教学仪器。问及为何如此重视教育，他语重心长：中国贫困落后受人欺负，主要吃亏在教育上。谈到对家乡的感情，他深情地说："自己好，不算好，家乡好，才算好！"

因为有了乡贤企业家王苗通，地处山区的陈溪乡人民有了寄托精神的好去处——苗通剧院。王苗通捐资700余万元建的这一剧院，规模与装备堪称一流。

"上虞旅游业一直上不去，是乡贤谢晋为家乡提供了契机。"陈秋强对记者说。"谢晋回乡得知家乡为旅游业难以发展而犯愁，就请来了韩美林设计了舜耕像群雕，这个群雕体量是中国第一、亚洲第三，成为上虞城市的标志性艺术，上虞旅游的突破口由此打开。"

乡贤也深度介入上虞经济发展。如大龙山开发、祝府兴建、英台故里的文化环境营建，甚至舜耕大米、谢安家茗、白马湖水产等品牌的文化包装都闪烁着乡贤的智慧和力量，是乡贤使上虞的传统文化与主流文化对接，草根文化与大雅文化互动，乡贤文化与传统乡村文化共振。

新乡贤是新乡村成功的标杆，发散出的是榜样的力量。乡贤会先后总结出以德治国的虞舜精神、"东山再起"的谢安精神、投江寻父的孝女精

神、清廉无私的孟尝精神、与时俱进的春晖精神、
"当代武训"的张杰精神，这些精神滋润着上虞，
成为凝聚人心的力量，成为延续数千年的传统基
层治理中的有效方式。

有关乡贤的故事在绍兴各县市区层出不穷：
诸暨市店口镇回乡教师和回乡医生为当地义务支
教和无偿门诊；嵊州市乡贤、绿城房地产老总宋
卫平回乡投资20多亿建设嵊州绿城现代农业综合
体；新昌县乡贤丁利明辞职回乡种植中药材，编
药典、撰茶文，欲把家乡打造成以胡庆余堂为依
托的中医药养生文化旅游基地……

文化是凝聚人心的力量。农村空壳化的原因
之一是人心离散、精英流失，究其根源则是传统乡
村文化的衰亡。上虞乡贤文化的繁荣，有力促进了
传统乡村文化的重构，推动了乡村社会的治理。

"城市化若以农村的荒芜衰落为代价，是不
可取的。"郁建兴直言。

重塑乡土精英

重构乡村文化，仅仅呼唤乡贤回乡还不够，
绍兴市的一个创新之举是：重塑乡土精英。

如何重塑乡村精英？为有一技之长的农民评

星级！这就是绍兴组织部门正在实施的民间人才"万人计划"。

"在乡村缺乏吸引力、农民缺乏归属感时，给他们一个身份，让他们认识到自身价值，找到努力方向。这种身份认同从评选老百姓最基本的生活、生产和文艺技能开始：会种地的评农艺师，泥瓦匠评建筑师，拉二胡的评琴师，从一星级到五星级不等。"吴晓东说。

目前，绍兴各区、县（市）民间人才星级评选开展得如火如荼，群众参与积极性很高。

人人皆可成才、人人尽展其才——"万人计划"于2013年启动，先在15个乡镇街道试点，8月在全市推开。计划用3年时间，让全市80%左右的家庭都有人获得民间人才称号，其中培养选拔五星级、四星级民间人才1万名以上。

据绍兴市委人才办负责人介绍，民间人才评选分文体艺术、生产生活技术、经营管理服务、特色产业四大类。评鉴分五个等级，采取比赛、认证、评审等方式评鉴确认，其中五星级、四星级由市县两级评定，三星级由乡镇（街道）评定，一星级、二星级由村（社区）、企业、协会评定。比赛和评审是评鉴的主要方式。自去年开始评鉴以来，该市共组织各类才艺展示、技能比武等评鉴活动1017场，搭建了基层群众"秀"一技之长的平台。

"民间人才是基层群众中有一技之长、能进行创造性劳动并对社会作出贡献的人才，具有草根性、广泛性、非官方性等特点，是基层稳定的重要力量。加强民间人才队伍建设，是新时期党管人才工作践行群众路线具有开创性的一项探索，具有重要的现实意义和战略意义。"市委书记钱建民肯定说。

据悉，目前绍兴各区、县（市）已出台了一系列激励措施，发放证书7.58万张，挂牌2.78万户，奖励资金110多万元，创业信贷667万元，选拔986名民间人才作为入党积极分子，2422名列为村级后备干部培养对象。

对已经评出来的人才，该市还组织开展学习培训、技术传授、经验交流、成果推广等各类活动，参与者已达3.3万人次。此外，该市还培育民间组织1495个，创设志愿服务、技术帮扶、文化活动等载体，有3000多名民间人才参与择岗服务；建立联系联络制度，有6.2万名干部联系8万余名民间人才，通过经常性走访，把民间人才团结和凝聚在党组织的周围。

经过一年多的评选，全市评出各类民间人才36.5万人，群众的尊荣感大大提高。

高新区稽山街道家庭妇女张林芬，包粽子技术一流，经"民间人才厨艺比赛"获得中级家政师称号，绍兴电视台录制了她包粽子的节目；越城区塔山街道妇女吴英因唐装、旗袍等古装上的盘扣做得好，被评为三星级民间人才；新昌县沙溪镇农民方中平有机水稻种得好，被授予民间人才工作室牌匾……星级评定使普通农民发现，只要干得好，都会得到尊重，他们就是乡村里的精英！

2014年5月，美国佛罗里达州罗林斯学院姚渝生教授来到店口镇湖西村调研。5月29日结束10多天的调研离开时，这位对中国现代化进程与乡村建设关系兴趣浓厚的学者说："士绅传统在店口复苏了，这是中国历史的一种延续。"

乡村治理现代化的样板

刘文嘉[1]

城镇化已经变成了一个滋味复杂的命题，近20年以来，它陆续将诸多治理困境呈现给了转型中的中国。在这当中，乡村空心化、乡村文化断裂、农村社会治理失效尤其令人忧心。人们的普遍感受是，中国乡村已经被一路高歌猛进的城镇化抛在了身后，正气喘吁吁地奔跑在它狭长的影子中。

稍微盘点一下就会发现，近年来以城镇化为关键词的农村报道少见正面的消息，浙江上虞"乡贤文化"确实是难得的例外。在这里，公共服务普及、基层民主建设与乡土文化的延续、公序良俗的形成有机地结合到了一起。一个兼具乡土性与现代性，既存续了人文精神，也展现了现代公

1　刘文嘉为光明日报记者，此文为《乡贤回乡重构传统乡村文化》一文配发的评论员文章。

共治理规律的新型乡村模式，呈现在人们眼前。

乡土社会是最能体现中国传统文化特征的地方，也是中国现代转型中最艰难的部分。费孝通先生曾言，"从乡土社会进入现代社会的过程中，我们在乡土社会中所养成的生活方式处处产生了流弊"。现代社会是法理社会，乡土社会是礼俗社会；现代社会崇尚契约精神，乡土社会通行伦理规矩，简单嫁接与拿来主义在这里是行不通的。成功的乡土社会治理，需要礼乐政刑综合为治，需要从现代公共治理和传统人文精神中找到双重支点。

上虞的"乡贤文化"，正是对这两个方面的有机结合。乡贤是从乡村走出去的精英，他们回乡安度晚年，不仅能以自己的经验、学识、专长、技艺支援新农村建设，还能以自身的文化道德力量教化乡民、泽被故土。他们既了解乡土文化心理，又熟谙现代社会规则，既经历过传统文化熏陶，又具备了现代人文精神，他们离乡与返乡的过程，正是在文化意义上打通乡土社会与现代社会的过程，而他们返乡支援农村建设的过程，也是乡土社会启蒙和转型的过程。

因此，对乡村治理而言，发挥乡贤作用、培

育乡贤文化要会用劲、用巧劲。上虞的做法有其地域特色，是地方政府有效探索的成果，但其所体现的"方法论"，当是中国乡土社会转型和城镇化的必然选择。它以自身的成功再次重申了两个判断：一、中国传统文化能够为现代社会治理提供智慧；二、中国社会必须以自身文化为基点完成现代转型。今天我们所致力于探索的"治理体系与治理能力的现代化"，需要以这两个判断为前提。

招商引资不算难，打造特色经济不算难，将某一地的 GDP 提升到某一数字也不难。对于城镇化中的乡村，最难的是继承和重塑乡土文化，重新找到自身角色，搭建一个"法情允谐"的基层治理构架，找到公共治理规则与传统礼俗的最佳平衡点。上虞的"乡贤回乡"提供了一个很好的样板，也为乡村治理命题设置了一个讨论层次，应该有更多的探索在这个层面上进行。

在冲撞与融合中塑造新乡村文明

——透视江苏省宝应县乡贤回乡的文化现象

郑晋鸣　韩灵丽[1]

这是一次现代文明与农耕文明的冲撞与融合。在江苏宝应，一大批乡贤陆续回乡，他们不仅给当地村民带来了经济收入的提升，更传播了一种先进的管理理念和文明的生活方式。如今的宝应，在乡贤的感召下，形成了有文化、有秩序的新乡村文明。

苏南的种子在苏北开花

宋秀玲，49岁，宝应鲁垛镇人。记者见到她时，她正拿着针线端坐在棚布前，看似针法紊乱、毫无规则的刺绣，远看则栩栩如生，呼之欲出。

1　郑晋鸣为光明日报记者，韩灵丽为光明日报通讯员。

"这是乱针绣，被誉为继苏绣、粤绣、蜀绣、湘绣之后的中国第五大名绣。"身旁一位工作人员说。乱针绣起源于20世纪30年代，创始人为江苏常州武进人，现代女刺绣工艺家杨守玉。

　　谁能想到，这颗苏南的种子，竟会在苏北开花。而这，不得不从一位名叫莫学春的乡贤说起。

　　20世纪80年代末，莫学春带着8个乡民前往常州学习乱针绣，师承杨守玉的弟子陈亚先。两年后，莫学春和8位绣工回到了鲁垛，并带回了乱针绣工艺。1991年，莫学春办起乱针绣小作坊，很快，生意便红火起来，8位绣工也有了较高的收入。渐渐地，越来越多的村民追随她们，鲁垛的乱针绣从业人员也因此猛增。到2007年，仅3万人口的鲁垛镇就有乱针绣作坊35家，从业人员2000多人，全镇三成村民的生活与乱针绣紧密相连。

　　如何把散落在各家各户的小作坊聚集起来，形成文化产业？莫学春开始思考。2011年12月，在莫学春和同行的努力下，扬州乱针绣文化产业园在鲁垛开园。工艺美术家朱军成、著名书画家朱文等陆续回乡，办起了乱针绣工作室。这批回乡艺术家，把鲁垛乱针绣的艺术品位越提越高，鲁垛成了名副其实的乱针绣之乡。

"金凤还巢"点燃创业激情

在宝应，有一个特殊的办公室——乡情联络办公室。记者来到这里时，恰逢办公室副主任徐名新在整理宝应乡贤名册。徐名新说，这本小小的名册，藏着宝应这些年经济飞速发展的秘密。

"如果有一天，我们回乡了，该找谁？"4年前，一位老乡的话拨动了时任县委书记仲生的心弦，"每个人都有自己的故乡，无论走到哪里，心头始终有浓浓的乡情和乡恋。"

于是，乡情联络办公室应运而生。徐名新等人的首要任务，就是搜罗宝应乡贤的信息。驻哈萨克斯坦大使乐玉成，华东理工大学校长、中国工程院院士钱旭红，国家行政学院原副院长周文彰……随着信息搜集工作的开展，徐名新等人越来越兴奋，"原来，宝应有这么多人才"。短短4个月，徐名新就整理出900多位乡贤的资料。

"这些乡贤是宝应发展的强大后盾。"现任县委书记王炳松延续之前的做法，推进"金凤还巢"工程，把目光瞄准在外的企业老板、宝应学子和技能人才，对回宝应创业的高层次人才，给予启动资金；对引进重大科技成果项目的人才，给予引导资助；对贡献突出的乡贤人才，创设"金牛奖""金马奖"等，予以重点奖励和扶持。

据统计，自"金凤还巢"工程实施以来，共有30多名企业家"还巢"创业，1100多名本科以上宝应籍学子回乡就业，6000多名在外技能人才回乡从业。

用贤人的人格力量感化世态人心

中国哲学认为，尚贤不仅是"任人唯贤"，还要用贤人的人格力量感化世态人心。这在宝应，得到了充分印证。

今年，武警扬州市支队宝应县中队办起了一份报纸《荷乡橄榄绿》，在这份报纸的背后，藏着一个军民相拥的故事。《荷乡橄榄绿》每月出版一期，一年下来，需要6万多元，但对于一个县中队来说，这6万块就是买粮钱，根本不可能用来办报纸。对此，尼尔公司董事长张爱臣心知肚明，于是，他便以公司的名义，无偿资助县中队永久办报，他希望，这份报纸一方面可以将这支部队的文化薪火相传，另一方面则可以传播先进的文明理念。而《荷乡橄榄绿》，也成为我国首张由民营企业资助军队办的报纸。

另一位乡贤夏存则为支持宝应爱国主义教育倾囊而出。夏存则的老家在宝应柳堡镇团庄村，小时候，他就经常听村里的老人讲夏凤山忠于革命而壮烈牺牲的故事。一次回乡，他看到烈士牺牲的地方又脏又乱，便下决心改善环境。2009年，夏存则出资160万元，新建了夏凤山烈士纪念室，如今，这里已成为当地青少年道德教育示范基地。

乡贤的感召效应开始显现。近年来，已有33位扬州人荣登"中国好人榜"，而这其中，有7人来自宝应县，数量位居各区县第一。"一直以来，宝应就有好人生长的土壤，而乡贤的回归，则让'做好人'的氛围越来越浓厚。"王炳松说。

费孝通在《乡土中国》一书中说："礼并不是靠一个外在的权力来推行的，而是从教化中养成了个人的敬畏之感。"宝应乡贤们用自己的行动，为乡民树立了榜样，成为道德教化的楷模，成为乡村文明建设的中坚力量。

美学教授回乡追美

——湖南科技大学教授夏昭炎夫妇建设新农村的故事

唐湘岳　谭鑫[1]

夏昭炎是湖南科技大学文艺学教授，退休回到家乡——湖南省株洲市攸县石羊塘镇谭家垅村高桥组。

创立农家书屋，开办老年学校和少儿假期学校，成立高桥文化活动中心……79岁的夏昭炎与夫人杨莲金十年辛苦不寻常。

"乡村之美主要在于自然，但诗意的美却离不开文化。"夏昭炎对记者说。

美中不足

夏昭炎2004年退休回到家乡。

他们夫妇发现了村庄的变化，泥瓦房大多已

1　唐湘岳为光明日报记者，谭鑫为光明日报通讯员。

改为别墅式或三层高的楼房，外边贴上白色瓷砖，在阳光下很漂亮。

走近一看，却皱起了眉头——

房子建起来了，公共道路却成了各家"扯皮"的话题。今天"这家不该把垃圾丢在我家路边"，明天"那家不能占我门口的地方"，邻里纠纷时有发生。

乡亲们吃完早饭就呼朋引伴，围坐在牌桌旁。有人把打牌称作"上班"，一打一整天。

不少留守儿童凑在牌桌旁一边"观摩"，一边玩泥巴。

缺乏亲人的关照，又要照看孩子，高血压、头晕头痛、风湿痛，各种各样的老年病给他们的生活造成不便。

夏昭炎是文艺学教授，几十年来从事文艺美学研究，尤其对"意境"这一美学范畴研究颇深。

自20世纪70年代末以来，夏昭炎就在高校任教。他潜心学术，撰著学术论文60余篇，其学术专著《意境概说》被湖南省教育主管部门推荐为"研究生教学用书"，《意境》被学术界誉为"在意境研究史上具有开创意义"的著作。

"意境"强调美的氛围。夏昭炎说："乡村的自然美当然好，但若没有文化的温床，不去除人心的浮躁，哪会有诗意的美呀！"

美的创造

"不通路，就没出路。"夏昭炎募来水泥，带头捐款，走家串户动员村民集资，修起了组上第一条水泥路。

接着，夏昭炎买下与夏家祠堂相连的一座破屋，找来泥瓦工，补墙盖瓦。收拾出一小间房。

夏昭炎把自己订阅的报纸和买来的书籍放在小房间里，还搬来一些凳子。

"老屋里有书看，明天过来看书吧！"夏昭炎和老伴儿杨莲金走近乡亲们的牌桌，诚恳发出邀请。

第二天，乡亲们陆陆续续走进书屋，夏昭炎数了数："来了快20个了！"有些老人不识字，夏昭炎和杨莲金就站在一旁帮他们认字，给他们念书。

6间闲置已久的百年老屋被夫妇俩维修装饰，用作图书室、阅览室、教室、游艺室。他俩还购置起电视机、音响和DVD，向镇中学要来数十套旧课桌板凳，搭建起风雨棚。

从此，高桥文化活动中心诞生。中心管委会成立，邀请村民夏春初一同管理；教授又争取县里支持，开设了正规的农家书屋，从乡亲中物色了张玉英做图书管理志愿者。

2013年张玉英被评为省级优秀农家书屋管理员。张玉英说："我原来也不读书，后来夏老师给我推荐书，还教我怎么科学管理图书室。"

"多读书，有好处。"夏昭炎特地从省城筹集一批农村适用新书，"凡借书满10次者奖励新书一本。"2013年奖励了12人，最多的借了40多次，奖新书4本。

夏昭炎夫人杨莲金退休前是湘潭市卫生局的干部，耳濡目染懂得些保健知识和经络穴位按摩方法。2011年5月，她和教授商量开办起老年学校。每月农历初三、十六两日上《保健讲'做'》课，教大家养生保健常识和保健按摩方法。如今，村民一些常见的小伤小痛都能自己解决。

后来，夫妇俩教村民做"回春医疗保健操"、打太极拳，发动大家跳广场舞，成立了文体队、军鼓队，参加全县展示、表演、比赛。现在村民做操、打太极拳、跳广场舞，天天如此，风雨无阻。

2011年夏天，夫妇俩开办少儿假期学校。"国学，一句话一个道理，塑造一个人的人生；一句话一种思想，成就一个人的未来。"夏昭炎精选国粹，打印人手一份，深入浅出亲自讲授。按要求背诵给予奖励。

"假期学校更多的是让孩子们养成良好的习惯。"夏昭炎说。他为孩子们设计了"酷爱读书，争当三士"活动。凡读书完成一定量的"读书报告"，分别授予"读书小学士""读书小硕士""读书小博士"称号，发给奖品和奖状，并在宣传栏里公布。还开展了歌咏、朗诵、讲故事、词语接龙、脑筋急转弯、猜谜语、趣味体育等激发兴趣、培养想象力、创造力的活动。

2012年，湖南科技大学硕士生夏兰香第一个拿到高桥奖学金。高桥奖学金由夏昭炎倡议捐资成立，对考取大学本科以上的学生给予一定奖励。2012年奖励了一名硕士生、一名本科生；2013年奖励了三名硕士生、一名本科生。

2013年，夏兰香回到夏昭炎的少儿假期学校志愿担任英语教师。"每次回家，我都能感受到家乡人在精神面貌上的变化。夏老师告诉我们，美，需要靠人去创造。"夏兰香说。

美的奉献

为了打造"美"的硬件，夏昭炎夫妇经常把退休工资捐出来。

夏昭炎一家并不富裕，6万多元债务到2006年才还清。"我们勒紧裤腰带过日子没关系，重要的是家乡文化建设，一天也耽误不起。"夏昭炎说。

2013年8月，夏昭炎突发带状疱疹，一开始没在意，忙着带乡亲们搞活动，没及时去医院。

家住湘潭的女儿夏于林得知父亲生病，马上把父亲接到湘潭市中心医院。"怎么这么严重才来！"医生说，"这种皮肤病，不及时治疗落下后遗症就麻烦了。"

夏昭炎住院半个月，杨莲金在丈夫身边陪护。眼看老年学校开课时间要到了，夏昭炎催促老伴："你快回家，别误了乡亲和孩子们！"

杨莲金独自乘车回家讲课。

去年假期学校上课期间，杨莲金帮着夏昭炎批改学生的读书报告。她看完一摞，想放到身后的柜子上。"扑通"一声，居然连人带椅摔倒！

杨莲金摔伤右手，轻微骨折。医生给她打了石膏，缠上绷带，叮嘱注意休息。可杨莲金回到家里，还要坚持主持少儿假期活动。

美学教授渐渐有了"粉丝",镇中心小学音乐老师谭琼主动要求到假期学校做志愿老师："夏老师夫妇的奉献让乡亲们受益,我也要加入。"

家乡面貌一天天改变,越来越接近夏昭炎想象中的诗意境界。2013年,高桥文化活动中心被攸县政府授予"农村幸福院"称号。他们家也被评为全省"书香家庭"。

一位跳出农门的大学生给夏昭炎写信："谢谢您为我们做的一切,等我成长起来,我也会像您一样回到家乡,让家乡越来越美。"

"让农村到处飘散文化气息,让农民享受现代文明带来的快乐和幸福!"夏昭炎说,"这是一个老知识分子应有的担当。"

文天祥后裔村里的
乡贤助学故事

吴春燕[1]

2014年7月，记者走进了广东省惠州市白龙塘村（原为一个村，后划分为新塘村和龙塘村，分属于惠阳区良井镇和惠城区马安镇），村民大部分姓文，被认为是南宋民族英雄文天祥的后裔。

乡贤助学 准大学生学费无忧

"很感谢村里，以及出钱出力帮助我们的乡贤、村民。我一定会努力学习，学成之后报效家乡人民，帮助更多需要受助的人。"中山大学学生文慧玲说。文慧玲是去年白龙塘村里的高考状元，领到了村里助学促进会的5000元奖学金。她说，自己的家庭并不富裕，奖学金刚好用来作第一年的学费，解了燃眉之急。

---

1 吴春燕为光明日报记者。

白龙塘村村民大多以务农为主，大多数经济条件相对困难，以前有不少学生考上大学后为学费发愁，甚至有人因此而放弃了上大学的机会。2007年，经在外地做生意的几个乡贤的倡议，白龙塘村成立了助学慈善机构"惠州白龙塘奖学基金会"，2011年正式注册更名为"惠州市天祥助学促进会"。7年来，该助学促进会已资助村里考上大学的学子300余名。每年，从村里走出去的成功人士纷纷驱车回乡，慷慨解囊，为准大学生发放奖学金和助学金。记者看到，村民文春茂带着200元来到学校并投进捐款箱。他说，他的儿子在2008年考上了华南农业大学之后，在村里助学基金和乡贤们的帮助下顺利读完了大学，并考上了研究生。虽然自己的家庭仍然比较困难，但是为了表示心意，他还是捐助了200元。

　　据惠州市天祥助学促进会会长文春明介绍，白龙塘村的村民为文天祥之弟文璧的后代。文璧曾在惠州担任知州，后在惠州留下后代，白龙塘村的村民就是其中一部分。文春明告诉记者，受历史传统影响，白龙塘村一直都很重视教育，他们缅怀先祖，传承后人，直至今天还发扬尊师重教和忠孝的优良传统。文春明说，白龙塘奖学金理事会的设立不但解决了不少贫困学生的学费问题，也在一定程度上激发了学生的读书积极性。2007年，新塘村和龙塘村仅7人考上大学，2013年，这一数字已经增长到300余人。

传唱《正气歌》践行忠孝事

在文氏后人文允忠老人的书房里，记者看到了很多与文天祥有关的书籍和资料。有文天祥受困时在庙里写的四首七言绝句的影印品，有记载了祖辈历史的族谱以及很多关于文天祥的书籍、资料。据文允忠老人介绍，绝大部分有关文天祥的资料和珍品都被他祖上的人带去了香港，"很多珍品都不在这边了，也不知道经过几代的流传现在到了哪里。"

在文允忠老人住处附近有一座烈女庙，供奉的是文天祥的女儿。文允忠老人和家人会定时祭拜一下祖先，时刻记住祖先留给他们忠贞爱国的遗训。"可能因为对祖先有着深厚的敬仰之情，所以我对历史也有着一种特殊的偏爱，希望自己是个历史感厚重的人。"文允忠在当地是出了名的文化人，写得一手漂亮的毛笔字，并且喜欢作诗。文允忠的邻居们说，他身上有祖先的雅韵。

在家族的熏陶下，文氏后人从小对祖先的忠义故事铭记于心，并由衷的自豪。"天地有正气，杂然赋流形。下则为河岳，上则为日星。"文氏后人常把文天祥的《正气歌》挂在嘴边，遇到新认识的同族人，你一句我一句背下来，心理距离一下子就近了。同是文氏人，同唱《正气歌》。一位生活在海外的文氏宗亲表示，要怀着一片虔诚之心，感恩天祥公浩然正气给予他们的激励，继续秉承先祖天祥公的爱国主义精神，弘扬正气。

文天祥的高尚品格滋养当地乡贤

每到清明节，平日里安静祥和的龙塘村，就会热闹非凡。几百名外出的村民，纷纷从广州、韶关、香港等地赶回乡，大家相聚在一起表达对祖先的思念。马安镇龙塘村村干部文锡坤介绍说，文氏宗祠有着几百年历史，它见证着他们一脉相传的正气家风。文锡坤平静而清晰的叙述，把人们带回到那遥远的过去，历史仿佛就在此刻一幕幕重演在人们眼前……

6岁的文颢钧跟着爸爸妈妈从淡水回来龙塘村。"带小孩回来主要是想教育孩子不能忘本，要热爱自己的家乡，长大以后要为自己的家乡作出力所能及的贡献。"文颢钧的父亲文先生说。记者看到，在文氏宗祠里，一些大人正在告知孩子们有关这个祠堂和文天祥的故事。惠州市政协委员侯瑞说，"逝者如斯，精神永存"，惠州名人乡贤已成为惠州宝贵的精神财富和无形的文化价值。

"我们不要淡忘名人乡贤，更应把他们作为自己的镜子。"侯瑞还希望把惠州籍名人乡贤的事迹传承给下一代，建议为本地中小学生开设"惠州历史第二课堂"。他说，了解惠州历史要从活生生的历史人物开始，名人乡贤就是很好的故事载体。教育部门应组织中小学生走进惠州博物馆，走向名人乡贤，以他们为榜样明志励志。

精神家园守护者

——王勇超和他的"地上兵马俑兵阵"

杨永林　张哲浩　王晓阳[1]

　　他曾经是一个普通的农民，盼望着吃一口饱饭、盖一院砖房。然而，近30年来，他却用自己一生中最美好的年华，个人出资数亿元，抢救保护了三万多件民间珍宝，复建了40多个院落的关中古民居。在他所缔造的占地500余亩、被称为当前中国最大的民俗文化博物院里，有着令世人称奇的"地上兵马俑兵阵"！

　　他就是全国人大代表、被誉为"民族文化守护神"的英雄式人物——王勇超。

1　杨永林、张哲浩为光明日报记者，王晓阳为光明日报通讯员。

一个人的壮举

对于今年57岁的王勇超来说，回望来时的路，自己也不免生出一些恍若隔世的感觉。

从一个吃不饱肚子的农民，到生产队的会计，再到靠着10元钱闯入西安城，逐渐拥有了自己的建筑公司，后来又一头闯入了关中民俗文化的大海中，从被动的收藏转为主动的保护和抢救。

对于民俗文化的痴迷，最早来自一个朴实农民家庭的传统文化教养。进城成立自己的建筑公司后，喜欢钻研的王勇超接手了一些古建修复项目，这也正是他将民俗文化事业作为终生追求的起点。

1985年的秋天，为了寻找有关明清时期的建筑图样，王勇超带着技术人员第一次走进关中腹地渭北地区进行古民居考察。

一天傍晚，王勇超路过一个村子时，发现一个文物贩子正要把一根拴马桩的头砸下来。那石柱上方，是一个鼓腮、瞪眼的胡人，骑在一头张嘴、竖毛的雄狮背上正在奋力制服狮子。整个石雕形象夸张而传神，呼之欲出。那一刻，王勇超非常震撼，被那精美的雕刻牢牢拴住了。

"老先人留下的东西，咋能说砸就砸了！"

心痛之余，他不假思索地出双倍价钱，买下了这根后来被专家鉴定为明代艺术精品的拴马桩——这是他抢救性收藏的第一件古代民间实物。

虽然当时还谈不上对于拴马桩历史文化的深入研究，但王勇超意识到，这些东西在农村越来越少，如果不赶紧将这些拴马桩收集回来妥善保管，那么就会有越来越多的拴马桩流失到海外。

"无论如何，先收回来再说。"王勇超当即拍板。他组织30多人，分成6支队伍，在澄城、大荔、蒲城等地走村串乡，大量收购拴马桩、饮马槽、石门头、石门墩以及各种石雕、木雕、砖雕等。

让民族文化的根脉源远流长

多年之后，当被称为"地上兵马俑"的8600多根精美的拴马桩威风凛凛地立于关中民俗博物院内，供世人瞻仰、文化民俗学者研究的时候，王勇超终于松了一口气。

为了尽可能地多挽救、多收藏，王勇超由拴马桩到饮马槽，由上马石到石门楣，从石雕砖雕木雕到古民居，由一个物件到整个院落，渐渐地入迷。

王勇超说，在20世纪80年代，西安地区有保存价值的古民居还有20多套，但目前仅存几套。渭北地区有40多套，如今只剩下11处。

如果能把这些精美的古民居搬迁到西安，集中复建，对于认识文化传统，理解农耕文明，都很有价值。就这样，王勇超又抢救保护了40多个濒临消失的古民居院落。

如果说王勇超最早从被动的抢救民俗文物到主动的保护，都是一种文化的自我觉醒，那么，建立博物馆，展示、研究、挖掘民俗文化的历史内涵就是文化的创造。

建馆选址从长安区的郭杜到五台，面积从几十亩到几百亩，规模从单一展示民间文物到复原古民居群落，功能从展览到展示、体验、旅游研究等一条龙服务。其间，规划设计图纸也是几易其稿。最终选址在秦岭终南之南五台山下。

2004年开始建设，到2008年12月试营业，王勇超终于可以安心地在他广阔的博物院里"种植"自己的民俗文化了。

但是，王勇超并不满足于仅仅展示自己收藏的各种历史文化遗存，而是想要复活这些文化遗存，复活一些民风民俗，使现代的人参与其中，充分体会民俗文化之大美。将民间的作坊如豆腐坊、油坊、醋坊、造纸坊、陶器作坊等建立起来，再把老人过寿、婚丧嫁娶等民俗活动开展起来，让更多的游客参与其中，重返农耕文明的家园。

从县官到村官到乡贤

——余茂法辞官回乡保护古村落的故事

刘伟　严红枫　叶辉　裘浙锋[1]

对浙江省绍兴市柯桥区（原绍兴县）人大常委会副主任余茂法来说，2012年4月12日是一个使他刻骨铭心的日子：这一天，他官降3级，从县官降为村官，成为该县稽东镇冢斜村党支部书记。

是犯错误受处分？是组织决定？都不是，那是他自己的一次"艰难"选择——用他妻子的话说，是"自讨苦吃"的选择。促使他作出这一决定的，是9年来让他魂牵梦萦的古村落保护。

2012年，余茂法57岁，本届人大任期结束。作为从冢斜这个山村走出去的精英，余茂法是村里的骄傲，他从组织部、劳动局、水利局一路走

1　刘伟、严红枫、叶辉为光明日报记者，裘浙锋为绍兴日报记者。

来，2007年当选县人大常委会副主任。对家乡的亲情乡情使他时刻关心着家乡的发展。

2003年，冢斜村决定续修中断了80年的家谱。经发动全村村民查找，村里仅存一部家谱被找到。遗憾的是，12卷的家谱缺失了一卷。

于是冢斜村发动所有外地乡贤到各地查找。终于，好消息传来，一位乡贤在上海图书馆找到了一部，但也散失了一卷，而冢斜的这一部恰好弥补了它的缺失。《余氏宗族家谱》得以完璧。余茂法和曾任副镇长的余生木等几位退休回乡的乡贤和村干部一起，经过一年多的努力，让《余氏家族宗谱》重新出版。

一部家谱，把冢斜村的乡贤拢在了一起，同时也把余茂法的心牵向这个村。他发现，冢斜有着丰厚的历史文化底蕴，村里明清建筑遍布，全村256户，竟有200多间房屋属于古建筑。

然而这些古建筑多已破败不堪，濒临倒塌。他开始发动乡贤保护古建筑，并着手申报了余氏老台门、永兴恭祠堂等5个文保点。他的努力很快得到回报：冢斜申报中国历史文化名村得到批准，冢斜村由此成为绍兴县唯一的一个国家级历史文化名村。

看着这"唯一"的牌子，余茂法在欣慰的同时也生出深深的忧虑：他看到一些农民把老屋推倒建新房，这些古建筑如果不抢救，很快就会消失。牌子只是保护的开始，古村保护的路还很长。冢斜集体经济空白，如何持续保护是一个难题。

中国历史文化名村的批准引起当时绍兴县领导的高度重视，2012年，该县决定，将冢斜从车村分离出来独立成村。问题随之出现：谁来担任村支部书记？

余茂法开始为此奔波，动员在外企业家回村，找了几个乡贤都没成功。就在余茂法为冢斜村支书人选奔波时，冢斜一些退休回乡的乡贤和村干部暗中合计，联名上书县委县政府，要求让余茂法回乡当书记。

余茂法万没想到，绕来绕去，竟把自己给绕进去了。那几天，他思想斗争激烈。县官回乡当村官，面子往哪里搁？得知他即将退下，多家企业找他，希望他去任职，许以高薪，他拒绝了，他无意金钱。可家乡的古建筑确实需要保护！反复思考，最后他作出了平生最艰难的一次抉择：苦几年，先把古村保护好，慢慢寻找接班人，然后自己抽身。

一到冢斜，余茂法开始整治环境，清除脏乱差，改变乱搭、乱建、乱堆、乱扔现象；整治村风村貌，组织编制指导冢斜村发展的《冢斜古村保护与开发详细规划》和《冢斜历史文化名村旅游区总体规划》，推进古民居的保护和维修；实施永兴公祠的文化布置，推动美丽乡村示范村建设，修复大小西岭古道，改造升级村民饮用水等民生工程。

两年时间，余茂法完成了从乡贤到乡绅的身份嬗变。他发动村民和乡贤募集资金1500万元，村里200多间古建筑已修复150多间，冢斜村风村貌大变，环境改造，古道修复，管线入地，办公楼耸起……困难比预想的多，结果比预想的好，局面打开了。旅游业因此兴起，农家乐也开始办起来了。

冢斜村的凝聚力提高了，余茂法成了名人，村民对这个村支书很满意。

率领村民再造魅力新故乡

——记上海财经大学社会企业研究中心副主任陈统奎

王晓樱　魏月蘅[1]

前不久，上海高端时尚购物中心——香港广场，两名来自海南的荔枝农在此举行了一场特殊的义卖活动，宣传他们用自然农法种出的有机荔枝。活动筹集到的10万元将是他们和村里其他几户荔枝农今年10月赴台湾考察学习有机农业的费用。

这一系列活动的组织者，是一位个子不高的80后——陈统奎。陈统奎说，自己生活在上海，在城市里做活动，让人知道他在故乡做乡建，目的是吸引别人跟着他们一起去投入资源和服务。

陈统奎出生于海口市秀英区永兴镇博学村，2005年毕业于南京大学新闻传播学院，先后在《新民周刊》《南风窗》等媒体做过记者，现任上海财

1　王晓樱、魏月蘅为光明日报记者。

经大学社会企业研究中心副主任。

2009年一个偶然的机会，陈统奎参观了台湾日月潭附近的桃米生态村。桃米村曾经贫穷凋敝，后来一对记者夫妻带领乡民们对村庄进行了10年的社区营造，如今桃米生态村凭借"青蛙共和国"这一乡村主题，一年吸引超过50万人次的游客，仅旅游收入一年就有2200多万元人民币。

桃米村成功的社区营造经验，让当时也在当记者的陈统奎怦然心动：如果我返回故乡去做乡村生态旅游，能成功吗？

博学村是一个拥有300余人的火山口古村落，村民靠传统农业谋生，年人均收入只有2000元。

作为村里的第一个大学生，陈统奎2009年11月回到博学村。他把村里人召集到自家院子开会，在院子里放了一台电视机，播放了一个自己制作的介绍桃米生态村的PPT。当村民看到桃米村那漂亮的园区和民宿时，羡慕地直摇头。村中一位80多岁的老伯站起来，他大声说："我们一定做得到，我们只要跟着这位大学生干就能成功！"老伯很有威望，加上在此之前陈统奎曾给海口市委书记写信，争取到资金支持为村里挖了一口深水井，盖了一个水塔，解决了村民世世代代挑水吃的难题，于是大家纷纷同意跟着陈统奎再造新故乡。

于是"博学生态村"发展理事会应运而生。陈统奎用"组阁"的方式，把村中20多个有能力的村民纳入理事会，安排到理事会和监事会各个岗位上，理事会中一切决策由成员民主投票决定。

理事会做的第一个项目是"山地自行车赛道"，在村集体没有一分存款的情况下，村民自掏腰包凑钱，不到3个月就把一条3公里的山地自行车赛道修出来了。3个多月后村里就承办了海南省自行车联赛山地越野赛。

迈出成功的第一步后，政府将博学村列为文明生态村优先发展试点，拨款给博学村修文化室、球场、村内道路，环自行车道进行电网铺设……陈统奎说："几年下来，我们得到了200多万元的项目资助。省台办邀请桃米生态村代表来海南与博学村缔结姊妹村，台商还资助我们建设了一个20多亩的台湾水果园。2011年我们有一名返乡大学生和村长应邀去桃米生态村考察。2012年我们迎来10多名韩国当代艺术家驻村创作，给我们留下了蜜蜂雕塑。今年春节，美国学生也来村里包民宿作冬令营。到目前为止，清华大学、复旦大学的学生都来做过公益。其中最有戏剧性的是我请姚明给我们题写了'博学生态村'5个字，刻成一个牌匾挂在文化室上……"一项项成果，陈统奎如数家珍。

陈统奎认为带领乡亲们做社区营造，再造新故乡，不仅仅是村庄环境硬件的提升，而且更重要的是改变村民的观念。他说："我小时候连复旦是什么都不知道，但是我们村的小朋友现在从小就跟复旦、清华的学生交流，还跟来自美国的叔叔学英语、唱英文歌，他们的观念、视野、信心跟过去全然不同。经过几年的营造，现在很多村民都有了新想法、新观念。"

2013年陈统奎组织了村里8户荔枝种植大户，倡导大家试验转型做自然农法农业，与他们约法三章：不用除草剂、不用化肥、只能用低度低毒农药。

陈统奎说："我现在的梦想是通过创办社会企业，引导村民从个人创业变成社会创业，再带动社区的转型，以实现'让人民看见财富，再造魅力新故乡'的愿景。"

"造福桑梓，赶早不赶晚"

——珠海企业家梁华坤回乡创办生态合作社的故事

杨连成[1]

"三板村富了、美了、出名了！幸福村居、湿地公园、百鸟天堂，年内还要推出三板村航空旅游节、疍家文化节。"广东省珠海市金湾区驻三板村干部王兴斌向记者介绍，这源自一位叫梁华坤的乡贤。

5年前，记者第一次来到珠江口西岸水乡的三板村时，这里还是有名的贫困村、空壳村。村支书周金友告诉记者，20世纪80年代从村里走出去的广州对外经贸大学毕业生梁华坤已经答应他，放弃城里打拼20年的企业和资产，回村发展生态农业。记者当时半信半疑：这里交通不便、信息不灵、农田抛荒，年轻人都外出谋生，哪会有人

---

1 杨连成为光明日报记者。

愿意回到这里建设新农村？

带着疑问，记者辗转找到了梁华坤。

"造福桑梓，赶早不赶晚，再难我也要挺过去。"一见面，梁华坤就向记者道出了心声。2009年正是梁华坤事业的高峰期，他的物流企业一度占据珠江口集装箱航运市场47%的份额。当他穿梭于粤港澳宾馆酒店，准备到房地产市场大显身手时，遇到了周金友。

"城市广厦千万间，不少你盖几栋楼。家乡锅灶百十口，急需你添一把柴。兄弟，与其年老体衰落叶归根，不如趁干事创业的黄金期造福家乡。"儿时伙伴的一番话，让新当选珠海市人大代表的梁华坤不顾一切，回到了生于斯、长于斯的贫瘠土地。

"珠江出海口到处都有适宜优质鱼虾生长的咸淡水资源，怎么没见谁发养殖财？你这些年干贸易、做生意，怎干得了水产？"工商界的朋友都劝他悬崖勒马。

更让梁华坤难过的是，他创办三板村水产养殖专业合作社两年了，几乎还是"光杆司令"，村民们信不过，避而远之。

直到第三年，净投入300多万元打造的湿地生态系统初步形成，久违的芦苇摇曳、千鸟翔集的美景出现在三板村，梁华坤的脸上才有了笑容。从这时开始，梁华坤走出了造福桑梓的第二步：投资1000多万元，改造和承包2200亩撂荒地，实现特色海鲜品牌"小林草鲩"生态养殖，探索"企业+农户""资本+技术+土地+管理+市场"的生态农业发展模式，引导村里的养殖散户以承包地（鱼塘）租赁或量化入股的方式，与他的合作社"共济、共融、共享"，或使用合作社统一提供的种苗、饲料、技术和养殖标准，由合作社以保底协议价收购农户养殖的水产品，并对加盟农户实行二次分红和年底股份分红，在保证村民收益的同时，实现全村水产养殖的规模化和品牌化。

如今的三板村，是一座投资3000万元改造升级的"水乡最美村庄"，家家户户住上了新别墅，不仅400户原村民纷纷回归，还吸引了320多户外地村民加盟"小林草鲩"品牌鱼种的生态养殖。

"让更多乡亲感受故土的艺术"

——薛彬和他的胶州乡贤艺术馆

刘艳杰　刘伟[1]

匡源行书轴、高凤翰山水册页、宋孝真竹石图轴……看着眼前一幅幅古人书画，正在青岛胶州市乡贤艺术馆参观的市民王虎十分惊讶："这个艺术馆收藏了胶州历史上50多位名家的100多幅作品！"

45岁的薛彬，就是该乡贤艺术馆的馆长。作为土生土长的胶州人，他自小随祖父研习书画、篆刻，后得潍坊陈寿荣老先生等名家指点。20年来，他节衣缩食鉴藏古玩字画，尤其对胶州本土文化名人真迹有一种挚爱。

胶州拥有5000多年历史，文化名人众多。西汉时期被誉为"胶东大儒"的庸谭、清雍正年间武状元王元浩、"扬州八怪"之一的高凤翰、咸丰

1　刘艳杰为光明日报记者，刘伟为光明日报通讯员。

顾命八大臣之一匡源，以及方元壁、王心学、朱震、匡兰馨等历史文化名人不胜枚举。"他们或是品德才学为世人所推崇敬重，或是威望崇高为社会作出重大贡献。"薛彬说。

"如今的年轻人，只听说过胶州历史源远流长、文化悠久灿烂，但从未有过直观的感受。"薛彬说，文化传承更多的要以看得见的实物为载体，而不是仅靠文字记载和历史故事。

正因为如此，2010年，薛彬成立了"胶州乡贤艺术馆"，把自己收藏的胶州本土文化名人真迹、古城老照片以及特色铜器、陶器等全部免费开放展览。

薛彬是从20世纪90年代开始进行本土文化收藏的。"当时本地艺术家的作品很便宜，即便贵的也就100元左右。"虽然收藏价值不高，但他坚信，"有一种说不出的情感，就是想去寻找、收藏、展示它们。"

随着收藏作品的增多，所需资金也越来越多，为此薛彬搞过装修、做过画廊，"为了保证资金流转，平时也会忍痛割爱出售其他名人的作品，但胶州本地名人的一律不卖。"

乡贤艺术馆成立以后，薛彬会定期邀请著名

鉴赏家、艺术家举办"胶州古今书画联展""胶州老城图片展"等各类展览,吸引了众多市民和中小学生到场免费参观。

"闺女从小喜欢书画,但一直没有机会亲眼见到名家真迹,假期特意带她过来看看。"望着正在细细欣赏作品的女儿,市民刘云涛说,薛彬的现场讲解能让孩子们更加直观地了解故乡圣贤,对他们的学习和成长大有裨益。

因收藏作品丰富、地方特色鲜明,"乡贤艺术馆"也吸引了一些单位和个人到此查阅资料。薛彬也因此被一些业内人士称为胶州本土文化的民间代言人。

"民间收藏方式灵活,收集和保护散落民间的作品,是群众文化的重要组成部分。"胶州市文广新局局长于敬军说,希望民间能够涌现越来越多的"薛彬",将本土优秀文化发扬并传承。

"在胶州市相关部门的鼓励下,我正考虑向青岛市文物局申请成立民间乡贤博物馆。"谈到未来,薛彬希望找个大一点的固定场所,设立鉴藏室和展厅,长期免费向市民开放,让更多父老乡亲近距离地感受、了解这片故土。他说:"只有了解才会更加热爱。"

第二战场

——退休副司令员李元成当村官的故事

唐湘岳　徐虹雨　叶军舒　李欣[1]

这位头戴草帽，脚踏军鞋，在给小猪喂食的人，是湖南省桃源县马鬃岭镇刘炎村党支部第一书记李元成。

村民远远打招呼："司令，在忙啊。""大伙儿还叫我'司令'。其实脱下了军装，我就是个农民。也对，农村是我的。"李元成笑着说。

心理战

李元成是刘炎村人，该村因抗日将领、原新四军第一师政委刘炎在该村诞生而得名。

2005年，55岁的深圳警备区副司令员李元成

1　唐湘岳为光明日报记者，徐虹雨、叶军舒、李欣为光明日报通讯员。

退休回到家乡。桃源县委组织部任命他为刘炎村党支部第一书记。退下来的老支书向银甫"扑哧"笑了："人家大司令，怎会回来当个小村官。""当，我当。"当晚，李元成在日记中写道："开辟农村第二战场！"

李元成开办村民夜校，可来的人稀稀拉拉，心不在焉。大伙不相信，贫困了那么多年，来了个司令就会变。李元成自掏腰包，谁来听课，发5元听课费。于是，教室里外挤满了人。李元成高兴地花了近千元。"说话算数！"村民对这个乡音不改的司令有了好感。村民夜校，成了李元成占领的第一个高地。夜校每月一讲，10年来风雨不间断，讲科技致富、讲配管土地、讲如何做人。不仅自己讲，还请农业专家、高校老师前来助阵。他还出资出版了一本《家教与成才》，免费发给村民。

与村民夜校一墙之隔的是刘炎学校。校长罗希元介绍，学校里大到建筑材料，小到树苗，都是李元成亲手操办的。就连教学楼上那8个大字的校训，也是他带头背上楼顶的。"有一次，帮学校去常德买空调，司令和大家一起在街边小摊上买盒饭吃，不像当过大官的。"罗希元笑着说，去临澧买桂花树苗，回村已晚，李元成与大伙一道，打着手电筒将200多株树苗栽进校园。担心学校因偏僻留不住人，学校建了常德市最好的教师宿舍，每个教师一套三居室住宅，家具电器设施俱全。到了假期，他还掏钱请教师去深圳学习。

为了这所学校，李元成找朋友筹措了200多万元，将自己积攒的20万元拿了出来，还动员当兵的女儿李婧捐款。"这所学校，花费您那么多心血，就叫元成学校吧！"大伙儿提议。李元成拒绝了。

离刘炎学校不远的坡上，有个刘炎纪念亭。每到重要节假日，李元成就会带领大家前往纪念。新党员宣誓也在这里进行。"刘炎精神，就是不怕牺牲、艰苦奋斗、团结奉献、拼搏创新！我们要发扬刘炎精神，打一场告别贫穷的歼灭战！"司令村官发布命令。

歼灭战

1998年底，李元成返乡探亲。冬日的山村，冷清宁静。一群孩子手拿红薯，背着书包。他问："小仔，这么早上学？""不早，要走一个半小时呢。"李元成在村里看到一位村民扛着一箩筐柑橘往田里走，柑橘顺着村民的眼泪一起倒进田里。

原来，道路不通，柑橘每担10元钱都没人要，大多都烂在了这穷山坳里。儿时的伙伴过来看望他，说拖了一车西瓜去双溪口赶场，车子陷进泥坑，喊劳力来抬车，折腾了好久，结果卖掉西瓜的钱，还不够请人填坑、抬车的工钱。

"刘炎穷，就穷在无路可走！"李元成决定帮刘炎村修水泥路。

1999年春节，李元成冒着严寒，握着锄头填路基。香堰湾组的村民见到司令在修路，心疼地说："你怎么能干这活儿，你是大领导。""领导就是带头的。"李元成搓着手说。

春天的布谷鸟在这个小山村叫了六回，泥泞的山路一条条变成了水泥路。同时，李元成建起刘炎村柑橘大市场，并马不停蹄赶往东北各省联系客商。他自掏腰包，购买了5000株优质新品柑橘，挨家挨户免费送给村民。

2005年夏，路改进入扫尾阶段。眼看漫山遍野的柑橘成熟了，可柑橘大市场门前还有2公里长的马路没有铺好。病中的李元成坚持参加修路，在他的带领下，全村人苦战7天7夜，拿下了水泥路。

他又引资启动改水工程，让乡亲用上了自来水。

出门是水泥路，购物有超市，看病有诊所，倒垃圾有垃圾池，乡村的夜晚还有点点路灯闪烁。

歼灭战一次次打响，亮丽的乡村画卷逐渐展开。

持久战

早上5点起床，跑步，做操。多年来，李元成一直保留着在部队养成的习惯。"打仗得有好身体！"李元成说。

"搞建设要规划先行，避免走弯路。"李元成花了2个月，用双脚丈量刘炎村每一寸土地，绘制村情地貌图，把地图带到深圳请专家做规划。

2013年，李元成成立了柑橘和粮食两个专业合作社并担任粮食生产合作社社长。

李元成还建起了桃源县第一个农业生态园——刘炎生态园，把全村2800亩果园全部规划进生态园，改进施肥技术，推行无公害生物农药。

"农村要改变，不仅要改变落后面貌，还有落后的思想；农村要保留，不仅要保留青山绿水，更要有淳朴的民风。新农村建设，是一场持久战。"李元成说。

把小团山还给 "失去山林的孩子"

——记从台湾回安徽家乡垦山种草当庄主的教授郭中一

李陈续[1]

郭中一是一位名人。

在台湾，郭中一作为东吴大学物理学副教授，主讲宇宙学，深受学生欢迎。同时，他又是一个颇为活跃的社会活动家。

在祖国大陆，郭中一是安徽小团山香草农庄的庄主，生态农业的践行者，同时，又是"中英书院"的主讲人，一位常常讲《诗经》《楚辞》的文化学者。

在位于安徽肥西县铭传乡的小团山香草农庄简朴自然的室外大厅里，记者见到了郭中一。

1　李陈续为光明日报记者。

跨越：台湾学者回乡垦山种草

半旧的衬衫、黑色的塑料袋和黑黝黝的肤色，记者面前的郭中一活脱脱就是肥西当地的一个普通村民。

"开发这里已经9年，我辞去教职来这里也有6个年头了。"记者一句"当地人"的调侃，引发了郭中一的回忆。2004年，郭中一当选为台北的合肥同乡会理事长。为了弥补身为同乡会理事长却没有回过老家的缺憾，他和父亲回到以走出首任台湾巡抚刘铭传而闻名的故土。

2006年，郭中一的同学、台湾大叶大学建筑系教授徐纯一设计出融合四合院与欧洲建筑元素的"协同式住宅"。这种处处体现资源节约和成员交流理念的建筑，为四合院中的几家人安排了共用厨房、厕所、餐厅及交谊大厅。屋顶的空中花园不仅有赏景看台，还有露天泳池供孩子们夏天嬉水，其他季节用来养鱼、种莲。面对理想的设计和台湾人多地少无处建设的窘境，郭中一想到了故乡。经过一番考察，他和十来个教授朋友，集资买下小团山的开发使用权。小团山那时是一座废弃的采石场，郭中一设想将其建设成"纯生态纯天然的香草山庄"。为了小团山的开发，郭中一的妻子庄蕙瑛立即辞职，带着两个孩子先行回乡。填土、蓄水、积肥、播种，2009年，郭中一正式回到家乡，薰衣草、金盏花、百里香已经开满山野。小团山也开始被游客比作合肥的"普罗旺斯"。

践行："生产"青蛙与萤火虫

"有不少朋友问我，生态农庄里生产什么？我常常告诉他们，我们生产的是青蛙与萤火虫。"对于自己的山庄，郭中一有明晰的理念和严格的标准。他曾专门写文章"小团山有蓝天、白云、绿地、清风、星空、香草、鸟鸣、蛙鼓，是个供你沉静、深思和舒缓身心、自然生活的园地"。

除了那幢"协同式住宅"和一栋必要的接待设施，小团山完全是绿色的海洋，香草、牧草、野草、果树、杂树、灌木，没有任何刻意的修剪。郭中一的观点是，生态的一定是自然的、多样的，而农庄必须是一个自给自足的平衡生态系统。所以，这里从不用化肥，靠种紫云英来肥沃土壤、撒种绿豆来固氮。这里从不用农药，而是靠香草自身的功效驱虫、杀虫。即使建筑，郭中一也坚持不做修饰，山庄的接待中心，外墙就是红砖砌块。而一道道阶梯，也是用砖头铺就。

名气越来越大，游客越来越多。郭中一将"协同式住宅"改成19间客房，天花板是全玻璃，天气晴朗的晚上可以躺在床上数星星。房间四面全是落地窗，每一次转身都看到不同的风景。每个周末、节日以及二十四节气，小团山几乎都会结合特产安排农村文化活动。郭中一投资建设的农庄，销售的是生态与文化。

追求：让儿童回归大自然

夏天，是郭中一和香草山庄最忙碌的时节。在两个月时间里，"中英书院"要开办8期夏令营，接待来自北京、上海、天津、广东的孩子们，回归自然，补习国学。郭中一认为，现代社会让孩子远离自然，已经严重影响到孩子的心理甚至是生理成长，而应试教育的过度训练，则扼杀了孩子的创造力。

《隆中对》里为什么把荆州、益州说得那样重要？"诸如此类的问题，是郭中一给孩子讲授国学时常常设问的。为了让孩子们有兴趣，他的国学课都是从地理讲起，把一个个名山大川作为"点"，把历史脉络作为线，而历朝历代的历史事件、文化名人、经典作品穿插其间。因此，他的每一次讲座虽然长达两个半小时甚至更长，但夏令营里十来岁的孩子们却自始至终兴趣盎然。

更让孩子们高兴的，自然是小团山的生态。郭中一给孩子们安排了植物滤水的生态泳池，让老师教孩子们学习爬树、制作小木屋，认识香草、蔬菜、鲜花、果树。

物理学与国学、教授与庄主、大学生与小学生，对于这些反差，郭中一用两句话作答：一句是"儒者不要只说空话，而要身体力行"，一句是"做好现在"。

做乡里人和科学家之间的桥梁

——陶铁男和袁士畴送农技到乡村的故事

陈海波[1]

接到记者的电话，72岁的陶铁男有些犹豫，甚至不解："我们只是在做自己愿意做的事，再平常不过，不值一提。"

再三沟通，记者两天后总算在北京市农科院见到了陶铁男，与他在一起的是79岁的袁士畴。他们正计划第二天去顺义区赵全营镇北郎中村，向种植户示范推广名为"京科糯"的玉米品种。

陶铁男曾任北京市农科院院长，2008年退休。袁士畴是生物学家，1995年退休。下乡推广农业科技，便是他们退休后"愿意做的事"。

---

1 陈海波为光明日报记者。

这是他们7月份的足迹：11日，延庆县沈家营镇河东村。16日，平谷区黄松峪镇雕窝村。20日，门头沟区军庄镇孟悟村。26日，怀柔区怀北镇邓各庄村。每次下乡，少则一天，多则三五天，给乡民们指导、示范，推广玉米、樱桃、核桃、食用菌等新品种和种植技术。近半年来，他们就下乡30余次。

　　这把年纪了，为什么上山下乡地折腾？"知识分子都怕什么？怕对社会没有用处。"陶铁男说，"我们一辈子跟农业打交道，了解三农，有一定的知识和经验积累。社会需要我们这些老头子，把需要的知识和经验传给别人。退休后，我们也有更多的精力做农业科技推广了。""身体好、头脑好，不成为别人的负担。"袁士畴认为，这就是他们的退休之"用"，"北京的农民不到50万，这些人多处在边远山区，对农业技术的需求很迫切。"

　　每次下乡，陶铁男和袁士畴都要进行科技需求调研。在平谷区大华山镇苏子峪村，他们发现当地枣树被"枣疯病"困扰，便请来专家研究病害发生机理和规律，给乡民培训防治技术。他们称这种农业科技推广方式是"农民点菜、专家掌勺"。通过北京农学会，他们组织了来自中国农业大学、北京林业大学、北京农业职业学院等高校的四五十人的专家团队，几乎覆盖了北方农作物、果树的各个领域。

除了"点菜"，他们还给乡民推荐"菜谱"。凡是觉得好的、有用的东西，会随时推荐给村民。平谷区黄松峪镇雕窝村村支书符中刚告诉记者，老陶看到当地丰富的野生核桃树资源后，便向他们传授改良种植技术，培植文玩核桃等新品种，"如今，这已经成为农家乐之后我们村的第二个支柱产业。"

"我们要做乡里人和科学家之间的桥梁。"陶铁男说。在北京市科协和北京农科院的帮助下，他们组织起来的专家团队，已踏遍了平谷、延庆、怀柔等北京山区的田间地头。

为乡亲们办好每一个"村晚"

——河北沧县大学生赵华独立创业反哺乡民的故事

耿建扩　田潇　田红霞[1]

　　赵华今年6月从石家庄学院毕业了，连续3年为乡亲办"村晚"的他决定和几个同学独立创业，开办一个集实业、互联网、品牌公关于一体的综合性公司，将反哺家乡的形式向经济实体方向延伸。

　　虽然只有22岁，但赵华在沧县甚至河北省已小有名气，这是因为自2012年起，他就在家乡沧县赵码头村带领乡亲们办"村晚"，以身边人演身边事，丰富村民文化生活，促进乡风和谐。

　　赵华在石家庄学院主修广播电视新闻学专业，是学校的文艺骨干。2011年寒假，看到村里的高

1　耿建扩为光明日报记者，田潇、田红霞为光明日报通讯员。

跷队解散后，乡亲们春节期间缺乏文化娱乐活动，赵华萌生了为乡亲们办一场联欢会的念头。他的想法得到了村民赵国伟的支持，俩人聚在一起谋划了好几天，整台晚会从舞台设计到节目编排很快就成型了。赵国伟在乡里经营一家婚庆店，演出设备倒是齐全，但动员村民们上台表演成了难题。"刚开始村里人都害臊，不敢来报名。我俩打听到哪些村民能演、会演，就直接上门做工作，后来又在大喇叭里点名，并告诉乡亲们这是咱们自己的晚会，重在参与。"赵华说。

这个方法还真起了作用。不管是被点名的还是没被点名的，乡亲们都来了不少。"演员"年纪最大的84岁，最小的才4岁，足有上百人。短短两天排练时间，大家的热情特别高。一些没有"演出"的村民也跑来帮忙，端来饺子，送上热水，还有人拿出自己的结婚礼服借给主持人赵华穿。

2012年正月十五，赵码头村第一届"村晚"如期举办。整台晚会50个节目，有舞蹈、民俗表演、声乐，也有戏曲、小品、相声。邻里矛盾、计划生育等素材，都被搬上了舞台。

第一届"村晚"的成功，给了赵华很大的信心，也让乡亲们有了一种期待。2013年春节，没等赵华发动，一些村民就已按捺不住了，正月十五，赵码头村第二届"村晚"再次上演。本村乡亲再加上附近村闻讯赶来的，足有两千名观众，外村开来的汽车更把村里的路堵了个严严实实。

赵华说，在众多节目中，曲艺小品《老来难》格外受欢迎。小品讲述的是因儿女不孝导致父母老无所养，但小孙子的行动让儿媳妇幡然悔悟的故事。这个小品是村民孙艳玲、赵金国、赵治友创作的，赵华和赵国伟进行了修改，使孝道主题更加鲜明。

在节目编排中，赵华还注重挖掘、传承优秀传统文化，如前村高跷队队员赵治友带来的创新版《车子会》。"车子会"是当地流传已久的民俗活动，表演道具是一种类似花轿样子的木质小车，由大鼓铜镲伴奏，如今已很少见。

"村晚"举办3年，村民共演出节目150个，不重复的就有80多个。为什么"村晚"能得到乡亲们如此积极参与和热情拥护？赵华说，首先就在于接地气，"身边人演身边事"。其次是满足了乡亲们对精神文化生活的迫切需求。村民们将"村晚"现场围得水泄不通，看得如痴如醉，笑得前仰后合，让我们深深感受到老百姓对精神文化的那份渴求。赵码头村村委会主任赵福海对"村晚"赞不绝口:"春节正是农闲的时候,大家聚在一块排演节目,生活方式更健康,村民关系更融洽,乡情更浓厚,大家也更乐呵了。"

一个企业家的民间音乐梦

——汕头乡贤陈桂洲保护笛套音乐的故事

吴春燕[1]

坐在广东省汕头市潮阳区华信大厦音乐厅里，一曲古朴典雅的传统笛套古乐《闲欢》激荡心神，让人恍若置身于远古时代。演奏者都是潮阳区东信文艺协会的成员，从10岁蒙童到古稀老人，无不倾情演奏。

免费培养笛套音乐接班人

初次见到陈桂洲，他的手机铃声响起，是一曲悠扬的潮州音乐。旁边的朋友说，那是他自己拉的，录下来后设置成铃声。陈桂洲是潮阳区东信集团有限公司的董事长，但在潮阳，陈桂洲为

---

1 吴春燕为光明日报记者。

人所熟知，不是因为他的商业集团，而是因为笛套音乐。

笛套音乐是潮阳民间艺术的瑰宝，但一段时间以来，笛套音乐的展示平台越来越少，老艺人们普遍都在60岁以上，而青年人大多不愿学。陈桂洲担忧，如果后继无人，笛套音乐迟早会失传。为了培养笛套音乐接班人，2004年陈桂洲捐资创办了潮阳东信文艺协会。第二年，从上海国际艺术节表演回来后，陈桂洲通过协会免费招收青少年学习笛套音乐，家长们也很乐意将孩子送到这里来。

2006年，笛套音乐入选第一批国家级非物质文化遗产名录，进一步提升了这一古老民间艺术的地位。在陈桂洲的力推下，东信文艺协会办起了笛套音乐演奏员培训班，成立了潮阳笛套音乐研究培训中心。

力保文化瑰宝传承延续

陈桂洲自小就喜欢上了潮州民乐，年轻时打工之余，他就拜师学艺。事业不断发展的同时，他花费大量时间跟当地潮乐名师学习，最终成为当地笛套音乐的代表性人物。

"每周一和周五晚上,我都会到协会来拉拉小曲,过把瘾。"年过半百的陈桂洲说,现在他把部分商业交给了下一代人打理,大把时间花在了东信协会上。陈桂洲不但担任着协会会长,而且还是协会潮乐演奏团的领奏。

目前,东信文艺协会已集结当地痴迷笛套古乐、潮曲演奏的"发烧会员"130多名,青少年学生就占了近一半。经过免费培训,几十名青少年对笛套音乐的各种演奏技艺有了明显提高,能较完整地演奏十多首笛套音乐曲目。这些年来,协会培养了五六百名青少年。除了日常运转外,春节、潮阳本地的"双忠节"、中秋"赏仙会"等,东信协会都会安排演出,相关费用都由陈桂洲开支。

汕头市文广新局确定东信文艺协会为"汕头市非物质文化遗产(潮州音乐)传承基地"后,陈桂洲斥资8000多万元,征地20亩,建设了潮阳笛套音乐纪念馆和传承基地。"长时间让学员学习节奏缓慢的古乐曲谱,可能会感到枯燥无味,甚至放弃学习。所以要有好的环境来吸引他们。"陈桂洲说。

打造笛套音乐艺术品牌

为了打造笛套音乐艺术品牌，陈桂洲主动走出去、请进来。东信文艺协会聘请名师到场指导，刘德海、胡炳旭、郭亨基、何占豪、吕钰秀、陈子平、张高翔、姜克美、周勤龄等都曾来此指导。陈桂洲还聘请潮乐名家担任顾问、副会长等职，搜集潮阳笛套音乐乐曲有关的资料，挖掘和整理濒临失传的曲子，逐渐丰富手头的潮乐资料。他们经常与香港中乐团、广东民乐团、梅州汉乐团以及本地潮乐团进行艺术交流，提高技艺。

2009年12月，东信协会赴新加坡演出，首次将笛套音乐带到国外进行文化交流。2013年岁末，东信协会受文化部选派，带着全国人民的重托和美好的祝愿，赴泰国参加第十届2014年"欢乐春节"文艺交流演出活动，又一次走向世界，高扬"华夏正声"。

"地方发展离不开乡贤的支持，陈桂洲就是一个典型。他对传承笛套音乐的贡献，是乡贤对家乡的文化反哺。"潮阳区政府人士对记者赞叹道。

"借自然之力恢复自然"

——植物学家蒋高明和他的"弘毅生态农场"

赵秋丽　李志臣[1]

朴实的衣着，黝黑的皮肤，如果不是鼻梁上的眼镜和一口流利的普通话，很多人会把蒋高明当作沂蒙山区的一位普通农民。

"泰山学者"回乡种地

2005年，身为中国科学院植物研究所首席研究员、博士生导师的蒋高明，成为山东省人民政府首批"泰山学者"特聘教授。接到聘书的那一刻，蒋高明决定要进行他梦寐以求的生态农业乡村实验："不能只待在实验室里，必须一竿子插到底，插到村。"

1　赵秋丽为光明日报记者，李志臣为光明网记者。

2006年7月，蒋高明带着"生态农业"研究课题和一支由十多个人组成的科研团队，回到自己的家乡山东省平邑县卞桥镇蒋家庄，承包了约40亩低产田，办起了"弘毅生态农场"。

因为是薄地，当地农民一亩110元都没人承包，蒋高明以每亩260元的价格承包了下来。村民们善意地提醒他：这样的地可能连种子都收不回来。但蒋高明接下来的行为让乡亲们更吃惊——他坚持种地"六不用"：不用化肥、不用农药、不用农膜、不用添加剂、不用除草剂、不用转基因。

"种地不用化肥、农药，不绝产才怪呢！"乡亲们当时的议论蒋高明至今记忆犹新。

2008年，蒋高明种的小麦和玉米两季加起来一亩才收1000来斤。但到了2011年，农场小麦亩产900斤、玉米1100斤，比周围农田产量高出近一倍。经过8年的实验，昔日的低产田已经被改造成吨良田。蒋高明说："生态学的威力已经开始发挥作用，土壤变得松软，并有了比较厚的表土层，肥力严重下降的土地，经过生态修复逐渐焕发了生机。"

"真正的有机农业应是环保的"

立秋过后，走进弘毅生态农场，只见有机玉

米郁郁葱葱，牛舍内的上百头肉牛吃着秸秆，成群的鸭、鹅正悠然自得地戏水。

在蒋高明看来，原来的农业模式下，除草剂、杀虫剂越用越多，但并没有从根本上控制害虫和杂草，反而把有害部分留在土壤、空气中，大大减少了野生物种和乡村生物的多样性，直接导致土壤肥力下降。"这种模式，土地不喜欢，虫子不喜欢，草不喜欢，农民也不喜欢。要恢复地力，出路就在生态循环农业上！"蒋高明说道。

在农场采访时，院子内几十盏造型别致的"提灯"引起了记者的注意。蒋高明说，这是诱杀害虫的脉冲式杀虫灯，从2008年起，他们就开始使用。"刚开始时，每盏灯每晚最多捕获9斤害虫，如今虫子少了，每晚捕捉不足50克了。这说明害虫减少的幅度是很大的，捕到的虫子倒出来还可以喂鸡。"

"借自然之力恢复自然"是弘毅生态农场的成功实践和经验。蒋高明认为真正的有机农业应是环保的。

"生态好了鸟儿都来做客"

"乡村消失的不仅仅是燕子，还有蜻蜓、喜

鹊、小黄雀、青蛙、蛇、野兔……消失的是我们的自然生态。"蒋高明在《寂静的乡村》一文中写道。

蒋高明说，现代农业过分依赖化肥、农药、除草剂、添加剂、农膜等化学性生产资料。粮食在增产，但环境污染和一系列的社会问题也接踵而来。

8年来，弘毅生态农场用近乎"痴狂"的态度，实践着"借自然之力恢复自然"的理论，带动了山东、河南、河北、内蒙古、甘肃、浙江、江苏等地不少企业家、农民从事有机农业，在全国累计推广有机农（草）业面积14.5万亩，充分展示了科研的示范作用。

站在农场的有机果园里，蒋高明告诉记者："我们这里40厘米厚、1平方米的土壤里面，有四五百条蚯蚓，而周围果园里最多的只有十几条，有的甚至一条都没有。"

"生态好了鸟儿都来做客。"蒋高明说。经山东农业大学环境学院测定，弘毅生态农场土壤里的重金属基本为零，农产品没有重金属超标问题，更没有农药残留。山鸡、燕子、蜻蜓、刺猬、青蛙、蛤蟆、蛇、蜜蜂、螳螂、瓢虫等动物，重新回到了农田。

"生态有机农业显然是农业未来重要的发展方向，但路还很长，困难还很多。"在"生态农场"前冠上"弘毅"二字，蒋高明有他的深意：士不可以不弘毅，任重而道远。

家乡养育了我 一定要回报

——"编外村官"肖而乾的故事

胡晓军　贺启耀　罗总斌[1]

　　一位副县级党员领导干部，自1995年退休后，卷起铺盖和老伴一起回到山乡老家，挽起裤脚当起了农民。近二十年来，他扎根农村一线，竭尽所能为村民办好事、办实事。

　　这位"副县级编外村官"，就是江西省萍乡市芦溪县政协原副主席肖而乾。

改建百年祠堂成乡村文化大院

　　涣山村是芦溪县上埠镇的一个小村庄。1995年，"在县里当大官"的肖而乾带着老伴回老家定居的消息让乡亲们大吃一惊：这老倌不在城里享清福，回来作甚？

1　胡晓军为光明日报记者，贺启耀、罗总斌为光明日报通讯员。

肖而乾自己却很淡定。出生于1933年的他，1950年参加工作。退休之际，他给自己立下了一个目标：立足新起点，晚情献乡亲。从县城搬回村后，肖而乾向村"两委""伸手要官"，担任起了村老协主席、关工组副组长。

　　涣山村有一座百年肖氏祠堂，原先破败不堪，堆满了乱七八糟的东西。"这个祠堂就这么荒着，真是可惜，是不是拣开来做点事？"曾任过芦溪县委宣传部副部长的肖而乾以一位文化人的眼光判断，应该可以把它改造成一座乡村文化大院。

　　在肖而乾的倡议下，村里先是成立了祠堂管理委员会，后经集体决策和他本人带头，多方筹措资金将这个老祠堂加以修缮，创办起村级文化大院，并添置各类文体器材，开设了图书室、阅览室、球类室、棋类室、排练房、录像放映室等，挂起了涣山村"青少年社会教育学校""农民文化技术学校""老年活动中心""义务调解站""留守儿童之家""农家书屋"等9块牌子。

　　如今，这个文化大院成了全村人的乐园。

扶持青年农民创业兴业

　　文化大院的建设，让村里300多个比较清闲的老年人大受其益，肖而乾也想办法使村里的年轻人喜欢上这个老祠堂——他发现，村里的年轻人想干事，却不知怎么干，缺乏致富本领。

于是，在肖而乾的邀请下，县科技局、农业局的科技人员和专家经常来到大院里的"农民文化技术学校"授课。他们不但把种养技术等讲给农民听、做给农民看，而且还带来科技致富书籍资料和科技种养光盘，每上一堂课，这些资料和光盘都被年轻人一抢而光。

不仅如此，肖而乾还主动扶持青年农民创业兴业。村民欧阳宽雪从北京科技大学毕业后，回到涣山村创办养猪场。在创业之初，肖而乾带着他到县里四处跑，帮他解决了资金上的困难。如今，欧阳宽雪的养猪场已经走上正轨，带动周边10余户青年农民发展养猪业，成为大学生回乡创业的先进典型。

对于村里的孩子们，肖而乾更是给予了极大的关心。每个学年，他都会到涣山小学摸底，联系对孤儿、贫困学生、留守儿童的结对帮扶。村里留守儿童多，肖而乾专门在村文化大院办了家长学校，为那些在家照顾孙辈的爷爷奶奶们上"隔代教育课"。他还联系了村里的几位老人组成"义务宣讲队"，经常到学校作报告，引导孩子们勤奋学习、健康成长。

带领党员干部修路

涣山村地理位置较偏，以前村民去一趟镇上，少说也得走上半小时。肖而乾感到，要发展经济，修路是当务之急。2002年，他找到村干部商议此事，村干部却大都没什么信心：一则涣山村是有名的"穷村"，根本拿不出修路的钱。二则要修路就必须拓宽路基，要占村民的地，涉及农户100多户。这个工作谁去做？肖而乾站了出来。他挨家挨户摆事实、讲道理，一次做不通，再去。一连好几个月，直到得到所有人的理解支持。2003年，村里的修路工程启动，肖而乾又带着村里的干部和党员，每天都在工地上挥汗如雨。村民看在眼里，纷纷加入到修路的队伍中。

就这样，从1995年至今，肖而乾在涣山村度过了近20年、7000余个平淡而充实的日子。村里要建桥、搞绿化，他积极出钱出力。村民家中有困难，他慷慨解囊。据不完全统计，近年来，肖而乾为村里的社会公益事业和救灾助困累计捐款超过6万元。而他自己却始终过着两袖清风的生活，住的房子还是30多年前建的。

　　"我今年81岁了，有近60年党龄，是党培养了我，是家乡养育了我，我一定要回报，多为社会、多为家乡做点有益的事，多帮助那些需要帮助的人。"肖而乾说。

乡贤参事会：社会网络改善乡村治理

郁建兴　黄红华[1]

近年来，乡贤参事会（也称"乡贤理事会"等）作为一种新兴新型农村（社区）社会组织，在基层社会治理创新中日益扮演着重要角色。乡贤参事会的培育和发展，在现代农村社会资本多元化和社会权威分散化背景下，增强了农村基层民主的多元参与、协商共治能力，形成了以村党组织为核心、村民自治组织为基础、村级社会组织为补充、村民广泛参与的农村社会治理新格局，创新了现代农村的网络化治理模式，是村民自治本质的回归和能力的提升。

1　郁建兴为浙江大学公共管理学院院长、教育部长江学者特聘教授，黄红华为浙江工商大学公共管理学院副教授。

乡贤参事会的产生背景

乡贤参事会是在全面深化改革的时代背景下产生的。当前我国正值全面深化改革、推进国家治理体系和治理能力现代化、推进城乡一体化和农业农村现代化、发展基层民主、创新社会治理体制的重要时期，社区事务准入、政府购买服务、基层民主协商等制度和政策的实施，为基层社会治理的创新和进一步发展创造了良好的政策环境。乡贤参事会就是在这一政策环境下的产物。

乡贤参事会缘于社会治理创新的地方经验。当前，各地在农村社会治理中进行了一系列创新，其中包括推进法治、德治、自治"三治融合"的社会治理体系建设，建立社区建设、社会组织、社会工作"三社联动"机制等，弘扬"德文化"的优良传统。

乡贤参事会得益于现代开放农村的人力资源。乡贤参事会是在农村社会开放化、人员流动增强、社会资本多元化背景下的产物。现代的农村培育了一大批党政机关干部、村干部、专家学者、专业技术人才、企业家和企业管理人员、个体工商户、养殖户、务农务工人员，开放的农村成就了大批外出务工人员，同时也吸引了不少进村投资创业人员。当前农村的权威已经从传统农村时期基于宗族乡土的权威，和"政权下乡"时期基于党政授权的权威，演变到现代农村的多元化权威。社会权威的来源包括宗族、授权、威信、学识、技艺、信息、人脉、资金等，拥有相应权威和影响力的主体呈多元化和分散性的趋势。乡贤参事会以网络化的治理方式，将这些分散的权威和影响力重新凝聚起来，并将在今后的村庄治理中发挥更大的作用。

乡贤和乡贤参事会

古有乡绅，今有乡贤。乡绅是指中国近代以前的科举及第未仕或落第士子、当地较有文化的中小地主、退休回乡或长期赋闲居乡养病的中小官吏、宗族元老等在乡村社会有影响的人物。他们一方面扮演朝廷、官府政令在乡村社会传达并领头执行的角色，一方面充当乡村社会的政治首领或代言人。乡贤是指当代中国与乡村社会具有亲缘、人缘、地缘或业缘关系，掌握政策、资金、信息、学识、技艺或人脉等社会资源，有道德、有理性、有威信、有本事，能够出钱、出力、出面、出点子，关心公共事务、公益事业和互助活动，能够动员社会资源、推进乡村发展、参与乡村治理、协调乡村矛盾、促进乡村服务、担当乡民模范的各界精英。与乡绅相比，乡贤的来源和作用更为广泛。乡贤，既包括本村土生土长的本土精英，又包括本村外出精英，还包括在本村投资、就业和居住的外来精英；既包括党政机关、事业单位、人民团体的领导干部，村庄和社区班子成员，企业股东、高管和个体工商户、种养殖户，教师、律师、医师、工程师、艺术家等各行各业专业技术人才，体育明星、演艺明星等各界名人，非物质文化遗产继承人和能工巧匠，也包括"和事佬"等乡村其他能力通达和德高望重之人。其基本要求是"德能兼备"，缺一不可。

乡贤参事会是以参与城乡社区经济社会建设，提供决策咨询、民情集聚、监督评议及开展社区公益事业和互助活动为宗旨的公益性、服务性、地域性、非营利性的基层社会组织。在建会形式上，有行政村单建、跨村联建、村企（片区）联建、城市社区联建、农村社区联建等形式。在会员结构方面，有以在村贤达为主、外出干部为主、驻村企业家为主，也有的吸纳下乡知青、吸收新居民领袖。在参事内容方面，根据各村规划和村民需求，各有侧重。乡贤参事会设有章程，主要负责人具备独立承担民事责任的能力。乡贤参事会实行申请制，申请备案的，由筹备组提出申请，经村（社区）党组织出具意见后，报镇政府备案；具备条件申请法人登记的，根据《社会团体登记管理条例》由县市区民政局进行登记管理。

乡贤参事会的组织结构

乡贤参事会建在社区和村庄层面，可以行政村为单位组建，也可以自然村为单位组建，还可以"社区＋商贸区""村＋大型单位""村＋厂区"等区片为单位联合组建。

乡贤参事会的成员既包含能够"出钱"的精英，又能够涵盖"出力"（投入时间、花费精力）、"出面"（争取资源、协调各方）、"出点子"（提供思路、专业知识）的精英；既包含企业家、党政官员、社工、老干部、老党员，又要包含专家学者、能工巧匠、文艺达人、道德模范。

乡贤参事会的最高权力机构是会员大会。会员大会职权包括：（一）制定和修改章程；（二）推选和罢免会长、副会长、秘书长（理事会成员）；（三）审议会长工作报告和财务报告；（四）决定终止事宜；（五）决定其他重大事宜。通常，会员大会须有2/3以上的会员出席方能召开，其决议须经到会会员半数以上表决通过方能生效。会员大会每届3年。

会员达到30人以上的成立理事会，作为会员大会的执行机构，在闭会期间领导本社团开展日常工作，对会员大会负责。理事会的职权包括：（一）执行会员大会的决议；（二）选举和罢免会长、副会长、秘书长；（三）筹备召开会员大会；（四）向会员大会报告工作和财务状况；（五）决定会员的吸收或除名；（六）领导本社团开展工作；（七）制定内部管理制度；（八）决定其他重大事项。通常，理事会须有2/3以上理事出席方能召开，其决议须经到会理事1/2以上表决通过方能生效。

会员大会或者理事会选举产生会长、副会长、秘书长。他们通常每届任期3年，连任不得超过两届。会长为本社团法定代表人，行使下列职权：（一）召集和主持会员大会；（二）检查会员大会决议的落实情况；（三）法律、法规规定的其他职责。秘书长行使下列职权：（一）主持开展日常工作，组织实施年度工作计划；（二）处理其他日常事务。

乡贤较多的乡贤参事会可以下设村庄与社区规划建设、工商业、种养殖业、社会治理与矛盾调解、文体艺术等专业委员会，规模较小的不用设置专业委员会。乡贤参事会根据《社会团体登记管理条例》制定章程。

乡贤参事会的职能作用

乡贤参事会有以下职能：（一）参与公共事务管理，为村（社区）"两委"提供决策咨询；（二）了解村（社区）情民意，反馈群众意见建议；（三）积极引智引才引资，助推农村（社区）经济社会发展；（四）推动实施村规民约（居民规约），维护公序良俗；（五）组织公益活动和互助互益活动，帮助特殊群体；（六）调解利益纠纷和社会矛盾；（七）弘扬优秀传统文化，推进乡风文明；（八）承办政府和主管部门委托的其他事项。

乡贤参事会特别致力于以下类别的城乡社区服务。其一，村务辅助管理：协助社区居委会和村委会开展重要工作，如征地拆迁、村庄规划、基础设施建设、市民（农民）文化公园管理、新居民管理等。其二，社区交通管理：车辆停放、小区和村域内交通秩序。其三，生活环境改善：下水管道疏通、污水治理、路桥修补、房屋修缮、拆违、庭院美化、卫生保洁、自贸市场管理。其四，社会管理：社区治安巡防、征地拆迁矛盾调解、邻里纠纷、家庭矛盾调解。其五，社会教育：健康养生知识讲座、普法教育、安全教育、禁毒教育、消防教育。其六，特殊群体服务：失业人员就业帮扶、居家养老、银龄互助、邻里守望、儿童暑期学习和素质教育、病友互助、失独家庭互助交流、济贫帮困。其七，文体艺术活动：文体活动（排舞、腰鼓、太极等）、文艺表演、文体比赛、健康知识讲座等。其八，乡贤和普通村（居）民提出的其他具有代表性、公益性、迫切性的其它公共服务和公益、互益项目。其九，为开展公共活动提供所需要的意外保险。

就乡贤个体而言，掌握资金和财富的部分乡贤主要功能是"出资"，德高望重和具有专业特长的乡贤主要在矛盾调解、公益事业和公共服务中"出力"，人脉资源丰富的乡贤的主要功能在于"出面"动员和联系其他人员参与乡贤参事会组织和发起的活动，所有乡贤都可以在议事协商和民主监督等过程中"出面"集聚居民意愿、维护居民利益，所有乡贤都可以在乡村规划和发展思路方面"出点子"。此外，乡贤带动普通居民参与乡村治理，起到榜样带头作用。

乡贤参事会的功能并不是取代基层自治组织成为基层治理主体，而是改善基层治理的助力机制，乡贤参事会在创业致富和乡风文明方面起榜样带动作用，在村务宣讲和民意集聚方面起桥梁纽带作用，在中心工作和重大村务中起议事参谋作用，在经济发展和工程建设中起捐资引资作用，在设施建设和公共服务方面起项目引进作用，在村财管理和村务管理方面起民主监督作用，在征地拆迁和纠纷调节中起利益协调作用，在扶贫帮困和扶老助残中起捐资结对作用，在科教培训和文体娱乐方面起引领服务作用。

乡贤参事会的运行机制

为了能够更好地发挥乡贤"出资、出力、出面、出点子"的功能，发挥其榜样模范作用，乡贤参事会要有相应的运行和激励机制。这些机制主要包括资金筹集机制、项目运行机制、民主协商机制、乡贤激励机制等，并有相应的配套措施。

第一，资金筹集机制。村（社区）乡贤参事

会的筹资渠道较为多元。第一个渠道是政府专项资金：政府为经济实力较弱的乡贤参事会和其它社区社会组织拨付一笔专项资金，作为这些组织的启动资金。第二个渠道是政府其它资金：比如可以自主调配的资金、彩票公益金、政府购买服务资金等，作为支持乡贤参事会项目运行的资金，需要乡贤参事会等社区社会组织通过公益项目和公共服务项目的形式申报获得。第三个渠道是乡贤捐赠资金，来自乡贤本身的捐赠、乡贤出面募捐而来的资金。第四个渠道是社会各界捐赠。这一渠道可以与社区共建、社区联合党委等制度平台相衔接，鼓励相关单位予以捐赠，还可以通过义卖、义演、义展等形式提升捐赠者的热情和积极性。

第二，项目运行机制。乡贤参事会除了议事参谋、民主监督、民意集聚等功能外，还可以参与政府购买服务的项目申请和运作。公益项目主要采用"公益创投"的形式运作，主要由县乡政府的社会发展公益基金和村级乡贤参事会公益基金支持。

第三，民主协商机制。需要乡贤参事会参与协商的事项主要包括：城乡经济社会发展和规划建设中涉及当地村（居）民切身利益的公共事务、公益事业；当地村（居）民反映强烈、迫切要求解决的实际困难问题和矛盾纠纷；党和政府的方针政策、重点工作部署在城乡社区的落实；法律法规和政策明确要求协商的事项；乡贤参事会提出协商要求的事项。

第四，乡贤激励机制。首先是打造乡贤交流平台。平台包括"乡贤论坛（研讨会）"和"乡贤讲坛（讲座）"以及"乡贤参事会秘书长联谊会"和"乡贤参事会秘书长联席会议"等。活动目的是围绕相关主题，为乡贤提供信息交流和互助服务的平台，为乡贤自身的事业发展提供服务，加强乡贤对参事会的认同感和向心力。就活动形式而言，论坛就农村某些中心工作和重大项目的战略规划和实施方案展开讨论，以期相互启发、形成共识；讲坛是就某一专业知识和专门领域进行知识和信息的专门讲解。论坛和讲坛的主题通常为：中心工作、重大项目，产业政策、行情业态、生产技能、管理经验等方面的专门知识和及时信息。"乡贤参事会秘书长联谊会和联席会议"由政府部门牵头举办，前者的目的在于交流各村级参事会的运行经验，启发工作思路，对秘书长进行筹资能力和项目开发培训；后者的目的在于协调解决跨村协商和交流的相关事项。

其次是有些地方正在尝试开展"十大乡贤"和"先进乡贤参事会"年度评选活动。先进乡贤的事迹通过微信平台、村务公开栏、农民信箱、乡风文明馆、文化礼堂、乡贤墙、农村数字电视等多种渠道进行展示。有意将乡贤的贡献作为参加劳动模范、道德模范、优秀党员等评选的加分项目，作为推荐县市区政协委员、县市区和乡镇人大代表以及人民政府聘请"经济（社会、技术）顾问""社情民意联络员""社会矛盾调解员"的参考因素。建立优秀乡贤列席县市区和乡镇党委、人大、政府会议的制度，建立和完善乡贤参加相关听证会的制度。部分素质硬、能力强、热心村务又有时间精力管理村务的乡贤，可以作为村支部后备干部培养或者作为村委会成员候选人推荐。

乡贤参事会仍面临重大挑战

培育和发展乡贤参事会，有利于优化社会资源配置，凝聚人心人力，发挥群众主体作用；有利于提高农村组织化水平，促进社会和谐，增强基层自治能力；有利于重构乡村传统文化，推进协同共治，建立起以村党组织为核心、村民自治组织为基础、村级社会组织为补充、村民广泛参与的农村社会治理新格局。

同时，农村的市场机制发育程度不如城市，农村的人口集聚程度和人才层次不如城市，农村生活需求的多样性不如城市，使得农村社会组织的生长土壤相对贫瘠，社团、民办非企业单位、基金会的数量、质量和功能都不如城市。在这种社会基础上，乡贤参事会虽然汇集了一批有识之士、贤达之人，积聚了一些分散的社会资源，在建立伊始就初见成效，但仍然面临重大挑战。主要包括以下几个方面：

第一，基础薄弱，结构功能单一。不少地方的乡贤参事会在成员结构、活动开展、组织功能等方面都不同程度地呈现出较为单一的特征。例如，在成员结构方面，占比重较高的是党政机关干部、企业家和管理人员、村干部，而专家学者、种养殖大户、有一技之长的人较少，年富力强的乡贤多、年轻有为的乡贤少，使得乡贤参事会在威信、资金、政策等方面的积聚了较多的社会资本，而在学识、技艺等方面的社会资本较弱，也使得乡贤参事会在村庄规划、基础设施建设、经济发展、慈善事业等方面发挥作用较大，而在科学、教育、文化发展等方面发挥的作用有限。另外，由于农村专业人才相对少、人口密度不高，因而村庄不能像城镇社区一样产生许多不同的专业性的社区社会组织。

第二，运行分散，协作交流缺乏。目前，乡贤参事会多数以行政村为单位组织，个别以片区的形式组织运作，各村参事会基本上是封闭运作，相互之间缺乏交流；没有成立乡镇和县级指导机构和联合组织，资源难以共享、工作思路难以打开；尚未建立起有效的培训、交流、活动与工作平台，不能实现信息共享、交流促进；没有建立统一的人才信息数据库，难以在乡镇和全县层面发现和综合配置人力资源。

第三，活动贫乏，作用影响有限。目前，虽然乡贤参事会的作用已初步显现，但多数乡贤参事会几乎一年只开一次会议、开展一次活动，难以持续有效地运作。目前参事会的群众知晓度和影响力还有待提高、在外界的知名度和品牌效应还未显现、组织水平和活动频率有待提高、组织的功能定位有待进一步明确、发展思路需要进一步拓宽、人员结构需要优化、议事规则和激励机制尚未健全，缺乏相应的政策支持、资金保障、政府指导、人员场地配置，偏重乡贤参事会的公益性、忽视其互益型，乡贤的积极性难以激发和保持，使参事会处于"休眠状态"。

进一步发展乡贤参事会，需要以全面深化城乡社会体制改革为契机，以乡村治理能力现代化建设提升为主题，全力推进乡贤参事会影响力拓展、能力提升、动力强化和潜力挖掘工程，重点发展乡贤参事会在村社重大事项上的参谋参事辅助、发展带动、扶贫帮困、治理优化及基层和谐关系调和等积极作用，通过抓好品牌宣传、人才培育和项目支持工作，把乡贤参事会打造成为基层协商民主重要的实践平台和实现形式。

乡贤文化与核心价值观

「新乡贤」是新时代社会主义价值观在个人层面上塑造的榜样力量。「新乡贤」文化建设，既是传统乡村社会型塑的「尚贤敬德，奋进向上，造福桑梓」人格品德的传承，也是其传统品格在当今核心价值观层面上的提升和高扬。

村落文化重建 乡贤不能缺席

——访中南大学中国古村落研究中心主任胡彬彬

龙军　禹爱华[1]

近年来，中国城镇化迅速发展，外出务工潮波澜壮阔，许多乡村精英流失、人去地荒，中国农村正呈现空壳化的趋势。农村空壳化给村落文化带来哪些负面影响？自古以来，乡贤对传承中国传统文化有哪些积极作用？如何发挥当代乡贤的作用，保护和传承传统村落文化？日前，记者专访了中南大学教授、中国古村落研究中心主任胡彬彬。

记者：据国家统计局公布数据，2011年我国大陆城镇人口达69079万人，占总人口比例的51.27%，首次超过农村，与此同时，中国农村却呈现了空壳化趋势。请您谈谈农村空壳化对村落

1　龙军为光明日报记者，禹爱华为光明网记者。

文化的影响。

胡彬彬：好的。工业化、城镇化的迅速发展，成绩是毋庸置疑的，可随之而来的问题也不容忽视。大量农村人口涌向城市，使得村落被空置，甚至遭遗弃。同时，交通网络的改善、人口流动的增多和信息网络覆盖面的扩大等种种因素，加剧了外部文化对农村的渗透，村落传统文化趋于边缘化，家庭意识淡化，安土重迁的习俗弱化，延续几千年的传统村落及其文化面临逐渐消失的危险，可谓到了"生死存亡之秋"。

究其原因，在于村落文化的传承与发展缺乏有效载体与媒介。客观上，随着科技的发展，在电视、互联网等现代传媒作用下，外部文化对农村的影响越来越大，村落文化被人们下意识地视为落后，甚至可以遗弃的对象；同时，乡村文化精英出于仕途、经济等利益的考虑纷纷走出家乡，村落文化传承与发展的主体越来越弱、群体越来越小。

记者：自古以来，乡贤对传承中国传统文化有哪些积极作用？

胡彬彬：在传统中国乡村社会中，有一个士绅的阶层，他们有些人通过读书获取功名，走出乡村，在外为官，但是在他们年老退休之后，大都选择了回乡养老。他们深受儒家礼仪教化的熏陶，始终以治国平天下为己任，即便是退隐在野，也不忘教化乡里，热衷于地方公益事业，如兴修水利、创办书院、赈济灾民等等，或独自捐资，或联系众乡绅共同组织，或与地方政府合作。作为一个特殊的阶层，他们具有沟通地方政府与社会的权力，对于地方政府的政策，可以代表民众向州府县官进言。同时，他们又是宗族长，维持着乡间社会的礼仪和秩序。这样一个阶层，在乡村社会实践儒家的"进亦忧，退亦忧"的理念，传承着中国的传统文化，维系着传统中国乡村社会秩序。

从历史的经验教训来看，中国是一个农业大国，乡村的治乱与否与国家的稳定密切相关，乡村乱则国家乱。而任何社会组织都离不开人，乡村也是如此，由此我们可以想见，在乡村社会中，人的作用不可小觑。

记者：传统中国乡村社会精英士绅已经退出了历史舞台，历史上的乡贤也只是散落在地方志、族谱、诗文、地方碑刻等历史文献中。他们对当今社会村落文化重建还有意义吗？

胡彬彬：逝者虽已矣，精神万年传。传统中国社会是一个以农村为主体的社会，每个地方都有自己的历史，都有生于斯长于斯的人物，都有自己的历史记忆，而这些历史记忆，恰恰最能够引起当地人们的认同感，增强地方社会的凝聚力。历史上的乡贤，或在本地，或在全国范围内在传统社会中有所作为。他们或以学问文章，或以吏治清明，或以道德品行而闻名。

以湖南为例，在湖湘传统村落和村落文化的氛围中，走出的不仅仅是一代代学子，一个个举人、秀才，更有王夫之、曾国藩、左宗棠、刘坤一、魏源等将相栋梁，他们无一不是经由湖湘传统村落文化的熏陶、滋养而成长起来，最终由村落之所走向国家之殿的。今天的湖南人，无论走到哪里，都不会忘记自己的家乡曾经出现过这么一批影响中国历史的人物，而一提到他们，湖南人的认同感与自豪感就油然而生，都会为自己的家乡贡献一份心力。

所以，我们一定要把他们"请回来"，不仅能增强认同感，而且，在他们身上，体现出了中国社会传统的文化理念。当大家了解这些人的时候，无形之中，传统文化理念也在"润物细无声"中浸润陶冶了一大批人。对于家乡的记忆，对于乡愁，对于落叶归根等传统村落文化，就是从对这些乡贤的向往开始的。

记者：当代乡贤在保护、传承传统村落文化方面有哪些作用？

胡彬彬：随着城镇化的发展，衣食住行等物质条件的悬殊对比，越来越多的城镇居民渐渐地对自己的乡村老家趋于淡忘，甚至毫无感情。但是，正如费孝通先生主编的"乡土重建"一样，乡贤也可重建。传统中国士绅，在"国权不下县"的国家体制下，发挥了沟通国家与社会的重要作用，为社会与国家的正常运转作出了贡献。

村落文化重建，乡贤不能缺席。如今，乡贤的主体范围更加宽泛了，有文人学者，有政府退休官员，有企业家，有科技工作者，有海外华人华侨等等。他们视野开阔，交游广泛，虽然身在异国他乡，但是对于哺育自己的家乡念念不忘。乡贤是从乡村走出去的，他们经过了社会的锤炼与磨砺，成为社会上的精英分子。当今社会要广泛宣扬乡贤文化，呼唤乡贤回乡，将自己毕生所学及所有奉献家乡建设，反哺故园，造福一方，更以自己高尚的品德教化乡里，感召乡亲。

既要传扬"古贤"
更要重视"今贤"

——北京师范大学文学院教授王泉根谈乡贤文化

王国平[1]

记者：光明日报正在刊发的《新乡贤·新乡村》系列报道是从浙江上虞开篇的。上虞也是您的家乡，您怎么看待乡贤文化？

王泉根："乡贤"是在民间基层、本土本乡有德行、才能和声望，并且深受当地民众尊重的人。现在人们说"乡贤"，已不再局限于道德和才能的层面，而扩展到了"名人"尤其是"文化名人"。广义的文化名人，包括所有在人文、社会、科技等领域取得非凡业绩的精英名流。

乡贤文化是县级基层地区研究本地历代名流

1　王国平为光明日报记者。

时贤的德行贡献，用以弘文励教、建构和谐社会的文化理念和教化策略，它具有地域性、人本性、亲善性、现实性的特点。

地域性，就是乡贤文化只研究本地区的历史名流与当代时贤，一般不研究"客居"本地的名流时贤；人本性指的是乡贤文化研究的对象只局限于人；亲善性，指的是乡贤文化十分强调研究对象"善"的本性，在关注乡贤业绩贡献的同时，还要考量他们的道德操守，考虑他们思想品质好不好，是不是爱国爱乡。乡贤既是名人，同时也必须是好人、善人；现实性，说的是乡贤文化研究要"发思古之幽情"，表达对乡贤的崇敬与仰慕，更要为今天的社会经济文化发展服务。乡贤文化要在古与今、传统与现实、文化与社会之间架起一座桥梁，使之在本地社会经济文化的发展过程中有力而有效地发挥特殊作用。研究乡贤文化既要传扬历史上的"古贤"，更要重视活跃在当今社会各界的"今贤"。

记者：在历史上，乡贤文化曾经彰显了怎样独特的价值？

王泉根：中国人的骨子里，有着浓厚的"家乡"情结。亲不亲故乡人，美不美故乡水。唐代绍兴诗人贺知章"少小离家老大回，乡音无改鬓毛衰"的深深乡愁一直为世人传诵。爱家乡与爱民族、爱祖国是紧密相连的。而乡贤与乡贤精神，是最能激发起爱乡思乡、报效桑梓，进而报效民族与国家情怀的精神资源。

因为乡贤是生于斯、长于斯的本乡本土精英，人们看得见、记得住、印象深，所以乡贤是特别有人情味、亲和力、亲缘性的文化人物和精神偶像，最容易得到乡人的爱戴，也最能激发起青少年见贤思齐、励志成才的心理。

从古到今，乡贤文化一直在民间发挥着重要的精神教化与道德引领作用。比如说，文天祥是江西吉安人，史料记载，他"自为童子时，见学宫所祠乡先生欧阳修、杨邦义、胡铨像，皆谥'忠'，即欣然慕之，曰：'没不俎豆其间，非夫也'"。在儿童时期，文天祥受到本地乡贤精英的感召，立志以他们为榜样，报效国家，这是他日后成为民族英雄的重要精神铺垫。

记者：在当前社会背景下弘扬和培育乡贤文化，您觉得应该从哪些方面入手？

王泉根：乡贤文化对培育社会主义核心价值观、构建和谐社会、传承民族精神、激励年青一代等有着特殊的意义。当前弘扬和培育乡贤文化，以下几个方面我觉得比较重要：

一是要尽快保护乡贤文化资源，这是乡贤文化的实物载体。由于种种因素，历史遗留下来的乡贤文化资源多已荡然无存，偶有遗珠，也亟待抢救，因而发现、抢救、保护珍贵的乡贤故居、遗址、文物，增加区域文化的亲和力、感召力、影响力，已成当务之急。

二是着力探讨、弘扬乡贤精神，这是乡贤文化的精神载体。乡贤精神的实质是通过本地区历代乡贤名流的德行贡献，凝聚成民众共同意识的精神情绪。这种精神情绪来自本乡故土共同的历史背景、生存环境，共同的忧患经验、荣辱记忆，共同的人文传统、认同意识，并内化、积淀、渗透于本地区民众的集体心理之中。乡贤精神对敦厚民心、民风，激励社会向上，具有特殊的现实意义。

三是联络当代乡贤，凝聚乡亲乡情。不能只把眼睛盯着"官乡贤""富乡贤"，有的地方以"正处级""县长级"作为乡贤标准，并决定历史遗迹的拆与不拆，实在有违乡贤文化。其实只要是本籍乡贤，即使隐居陋巷，也应尊重礼待。

四是将乡贤文化作为弘文励教的精神资源，提升青少年一代的精神素质。见贤思齐，启迪后昆，乡贤精神的薪火相传，对于青少年来说是一笔重要的精神财富。

乡贤的道德精神
是可以"看见"的

——苏州大学教授罗时进谈乡贤文化

苏雁　孙宁华[1]

经由本报的发掘和报道，乡贤文化引起众多专家的热议。在吴文化发达的苏州，乡贤文化的影响力使苏州成为一个崇文重教、仰善敬礼的文化高地，而正能量的传播正在阐释着现代乡贤文化的苏州价值。苏州大学教授、江苏省吴文化研究基地首席专家罗时进日前就乡贤文化的人文道德价值向记者进行了深入阐述。

记者：作为长期研究地域文化的专家，请您谈一下对乡贤文化的理解。

罗时进：乡贤文化是中华文化的宝贵资源。费孝通先生在《乡土中国》中说："从基层上看去，

1　苏雁为光明日报记者，孙宁华为光明日报通讯员。

中国社会是乡土性的。"在乡土性的中国，对传统文化的追怀必然要重视乡贤文化。

谈乡贤文化要回答的第一个问题是：谁是乡贤？或者说谁有资格称为乡贤？大致来说，乡邑有道德声望和卓越建树的人方可以称为乡贤。有没有一个标准呢？在古代，这个标准的尺度，权衡在地方人心，落实在乡贤祠的祭祀上。一个乡邑中人，品学为地方所推崇，死后被题请祀于其乡，入乡贤祠，受春秋致祭，便称乡贤。在郡书、方志中也会将德行高尚、声名闻达之士列入其中。

乡贤文化属于地域文化的一个重要部分，是乡贤所创造的具有人文价值的物质成果和精神财富。当我们称乡邑某前人为"贤"的时候，是包含道德层面的肯定和赞誉的，所以乡贤文化无疑是人文道德建设的重要资源。

记者：作为传统文化的重要组成部分，乡贤文化蕴含着怎样的人文道德力量？

罗时进：浙东清代史学家全祖望对乡贤文化的认知对我们很有启发，他辞官回到甬上以后，花了很大的精力对乡贤事迹深入发掘，为地方文化谱系建立永存的标识，其目的正如他在《感怀》诗中所说："古人观世道，首重在人心。天地纵多故，此志终昭森。"这里的人心，是乡贤的道德高度，是一种至善大有、忠贞正直、悲天悯人、推己及物的典型人格。

当然，乡贤文化是一种地方性人文知识，我们评价乡贤文化应有切实的地方视角，以"地方文化持有者的内部眼界"来观察地方乡贤的道德风范和精神高度，并发掘出其地方文化根性。就此而言，我们可以将乡贤大致分为"在地的贤达"和"与乡邑具有地缘关系的贤达"。前者一般指乡邑士绅，其道德力量主要体现在六个方面的传统上，即宗儒守道，匡扶正义，崇文右学，敬宗收族，乐善好施，务本求实。他们在人格精神上保持高风亮节，在为人处世上谨慎谦退，在行为姿态上勇于担当，因此在地方享有很高的威望和信誉，是乡邑发展稳定、和谐的主导力量。

很多地方的文化精英走出了乡邑，但他们从方言音声到性格风尚、观念行为都带有乡园的烙印，其实践成果和道德文章可能在更广泛的范围产生影响，但都与其乡园有着天然的联系，因此应该注意乡贤文化与整个历史传统文化的关系。举例来说，范仲淹的先忧后乐思想、顾炎武的"天下兴亡，匹夫有责"的观念，表达出一个时代的文化精神和道德高度，具有历史的典型意义，但如果将其放到吴文化的范畴中，他们都是苏州的乡贤，其思想观念都和苏州、江南之地域与人文密切相关，自然属于乡贤文化。

记者：从历史和现实来看，这种人文道德力量是怎样影响一方文化和社会风貌的？

罗时进：在乡贤的人文道德力量传播影响方面，文献、文物的作用是非常大的。地方文献是乡贤事迹的载体，地方志中各类《人物志》往往首重乡贤，历代《乡贤考证》类的专书林林总总，谱牒家集更是汗牛充栋。这类文献的收集工作历来受到重视，鲁迅先生就对乡邦文献和乡贤故书非常看重，曾搜集古逸书刻印《会稽郡故书杂集》，其中就有谢承的《会稽先贤传》、钟离岫的《会稽后贤传记》等数种，其对"乡贤人物"和"乡贤文化"的理解和重视，代表了那一代文化精英阶层的境界。

文物，是乡贤文化的物质遗存。庙祠、故居、碑志等故物，是乡贤生活和思想的实证，其存在就是一种历史叙述。明人李东阳对祭祀乡贤说过一段很有意味的话："彼生于斯，学于斯，闻其姓名，睹其庙貌，知其非苟祀者，仰慕效法之心其能已于俎簋尸祝之间哉？"就是说，乡贤与自己同生于一方水土，成长于同样的人文环境，如果知其名、晓其事，目睹其庙祀遗貌，崇敬、仰慕、效法之情就会油然而生。这说明，乡贤的道德精神是可以"看见"的，而"看见"能产生感召力，形成亲近感，使人见贤思齐。从这个意义上说，在乡贤文化的建设上，应该对乡贤文物遗存给予足够的重视，吉光片羽亦当珍惜。

文献和文物使乡贤的道德精神"看得见"，其实乡贤文化之所以产生影响，除"目染"之外，还在于"耳濡"。基层社会的文化传播常常通过口耳相传，人们在习得中形成精神熏陶。言偃作为孔子"南方夫子"的事迹随着常熟"言子巷"的地名而自然为今人默念不忘，范仲淹设义庄、建义学也早已成为民间佳话而流传，周顺昌"好为德于乡"的传说则与《五人墓碑记》同样深入人心。

当然，古今文人重视乡贤，努力建构乡贤文化，其化育影响作用亦不可忽视，这方面的工作应当加大力度。建构乡贤文化，既要有足够的地域文化的学养，同时以深厚情感投射于乡贤人物，用时代语言和历史逻辑构筑起思想的河床，用可

以感知的乡贤事迹，铺垫出道德文化的高地。当
下这种建构应当古今并臻，将历代乡贤与现代地
方先进的形象共同加以塑造，我认为苏州在这一
方面做得很扎实。近两年来，苏州加强对道德典
型的形塑和宣传，在"全国道德模范""中国好人"
的评选中屡现苏州人的身影，起到了示范一方、
引领风尚的作用。

保护养育乡村精英的土壤

——华中科技大学中国乡村治理研究中心主任贺雪峰谈乡贤文化

夏静　张晶[1]

记者：您长期研究乡村治理问题，您认为，造成乡村精英流失的原因是什么，对基层社会治理有哪些影响？

贺雪峰：一方面，乡村精英流失与改革开放以来城乡不平衡发展的大背景有关。改革开放以来，以城乡二元结构为基础，我国形成了以城市为发动机、农村为稳定器的发展模式。在此结构下，受城市所提供的更多就业机会与更好的生活条件的吸引，农村中的精英人群离开农村进入城市。

另一方面，传统农民离开村庄经商或进入仕途获得成功，成为精英群体之后，以回报家乡为

1　夏静、张晶为光明日报记者。

己任，再次回到村庄，成为村庄治理的积极力量。改革开放后，这种传统文化在渐渐淡化，越来越多的农民将离开村庄当作目标，打破了乡村精英返乡机制。

此外，部分政策也造成了乡村精英流失。改革开放以来，部分能力较强的农民留在农村发展，他们当中有的通过内部土地流转发展成为专业种养户，有的从事基层收购销售代理业务。但近年来，一些政策鼓励工商企业进入农业生产环节，挤压了这部分人的生产空间，致使他们不得不进入城市打工，一定程度上造成了乡村精英流失。

乡村精英的流失瓦解了内生乡村治理机制。乡村治理中的民主协商机制包括两个层次的内涵：一是公众参与，主要是引导鼓励所有农民表达不同意见；二是形成决议并执行。解决问题的关键是在千家万户分散意见的基础上，形成绝大多数人能够接受的决议并执行。这个过程必须有乡村精英参与才能够完成。乡村精英流失之后，农民分散意见不能达成统一，造成治理失效。

记者：乡贤返乡对乡村治理有什么作用？

贺雪峰：乡贤返乡对乡村治理最显著的影响体现在公共品供给上。我在农村调研时发现，凡是有热心公益事业返乡乡贤参与治理的村庄，它的公共品供给状况一般都很好。乡贤的人际关系广，可以向上级政府为本村庄争取资源。在村庄内部，他们也发挥着组织者的作用，引导农民积极进行公共建设。

记者：如何让乡村精英在乡村治理、新型城镇化建设中发挥作用？

贺雪峰：如何再造乡村精英群体是当前推动基层治理的大问题。解决这个问题的关键是保护养育乡村精英的土壤。

首先是文化土壤。要通过文化建设保持村庄的价值生产能力，让农村生活具有价值意义。要警惕一些刺激消费政策的不良影响，警惕城市消费主义对农村文化的侵蚀。村庄具有价值生产能力后，农民自然会面向村庄，而不是选择逃离。这样就可以吸引一部分精英农民返乡作贡献。

其次，要保护培育乡贤的经济土壤。在政策上要采取扶持而不是抑制农村精英群体，比如，要警惕工商企业进入农业生产环节对农村自发的具有一定规模的种养专业户的挤压。这些群体作为留在农村的精英，在村庄的日常治理中发挥着关键作用。如果政策不保护，他们很容易被挤垮、挤走。

用乡贤文化滋养主流价值观

——访北京大学教授张颐武

郭超[1]

记者：如何理解传统乡贤文化的力量？

张颐武：乡贤文化是中国农耕文化的产物，乡贤文化实际上属于士阶层文化在中国乡土的一种表现形式。传统中国社会中，士阶层是社会的实际管理者，也是社会文化精神的倡导者。他们出门为官，回乡之后就是士绅，起着维护本地社会秩序的作用。

在古代，中国的行政只管到县一级，县以下的乡村治理就要靠士绅来维系，他们是文明的传承者和价值观的守护者，他们就是传统社会里的乡贤。费孝通的《乡土中国》中说："从基层看去，中国社会是乡土性的。"乡贤文化就是维系着庞大

1　郭超为光明日报记者。

的中国社会正常运转几千年的基层力量。

记者：传统乡贤文化与今天中国主流价值观契合点在哪里？

张颐武：如康有为在19世纪末所说，中国传统文化遭遇了"二千年来未有之变局"。时至今日，中国社会仍在巨变的进程之中，这种"变局"就包括曾经深受乡贤文化滋养的中国乡村社会所遭遇的冲击，包括城镇化的快速发展，农民传统的价值观和思维方式发生变化，传统文化习俗与现代文明发生冲突。

但是，我们要看到，虽然乡土中国已经发生了巨大的变化，但是传统社会的架构没有完全坍塌，乡村社会中错综的人际交往方式，以血缘维系的家族和邻里关系依然广泛存在于乡村之中。在这种情况下，乡贤就很重要了。作为本地有声望、有能力的长者，乡贤在协调冲突、以身作则提供正面价值观方面的作用就不可或缺了。

可以说，乡贤是传递中西文化的"转换器"。因为乡贤对于中西文化都有较为客观准确的了解，一方面，他们扎根本土，对于中国传统文化和乡村的情况有同样的了解；另一方面，他们是具有新知识、新眼界的读书人，对于西方的价值观念和知识技能有一定的把握。另外，在传统文化中，士阶层对于老百姓的意义非常重大，现在虽然没有以前那么重视，但是乡村人尊重读书人的传统没有变。所以，现代的乡贤成了传播中西文化的桥梁，让中西文化有了"可译性"，他们可以利用自身的人格魅力来感染周边的人，同时通过村民们可以接受的方式来传递现代知识。

乡贤也是缓和社会冲突的"安全阀"，在城镇化为代表的现代化进程中，农村社会受到冲击，在改革进程中有很多难以预料的矛盾。乡贤在村里面地位比较高，村民比较能够听进去他们的意见，可以起到弥合社会分歧的作用，使社会改革进程在乡村这一层面变得更加平缓，让农民、农村顺利加入现代化进程，分享改革开放的红利。从这个意义上，他们就像高压锅的"安全阀"，可以把社会矛盾化解于无形之中。

记者：如何发扬乡贤文化中的道德力量，滋养今天的主流价值观？

张颐武：现代社会中存在两种乡贤，一种是"在场"的乡贤，一种是"不在场"的乡贤。有的乡贤扎根本土，把现代的价值观传递给村民。还有一种乡贤出去奋斗，有了成就再回馈乡里，他们可能人不在当地，但由于通讯和交通的便利，他们可以通过各种方式关心家乡的发展，他们的思维观念、知识和财富都能够影响家乡。中国传统有"离土不离乡"的观念，无论是知识分子，还是农民工，只要出自农村，就算身在异乡、异国，他对于故土还是有很深的认同感的。乡贤文化对于他们的影响还是如影随形地刻在他们身上。在乡村社会结构受到冲击的当下，他们保持着精神的稳定和内心的持守，很大程度上就是传统的乡贤文化给了他们心灵的慰藉。

中国需要乡贤文化的复兴，但这不是传统士文化的回归，而是需要村舍民间领袖和社会体系的有机融合，精英和地方治理的有效结合。我们要避免本地生长起来的乡贤离乡之后就断了和本乡的联系，这需要政府给予支持。乡贤是乡村社会的黏合剂，他们用自己的知识和人格修养成为乡民维系情感联络的纽带，让村民有村舍的荣誉感和社区的荣誉感，这样的乡贤文化是有上进心和凝聚力的。

传统社会的乡贤不仅是道德模范、价值观的引导者，同时他们也是乡民行为的规范者和约束者。传统社会中的乡村，因为生活在一个熟人社会中，并不太重视法律和契约的作用，而是更加看重有威望的乡贤对于社会公正的维护。当然，我们不能回到过去那种状况。但是，我们要重申乡贤文化对于乡村稳定性的重要作用，他们的存在，让村民的行为有规范，价值有引领，这种作用是无法取代的。

营造适宜乡贤成长的生态环境

——安徽省社科院研究员钱念孙谈乡贤文化

王国平[1]

记者：历史上，乡贤在完善社会治理上发挥过哪些作用？

钱念孙：中国在绵延数千年的古代社会里，县以下的广阔区域没有国家权力组织。简略地说，从县衙到底层民众之间存在的巨大基层权力空间，主要依靠乡贤发挥作用来达到有效填补。

我们安徽南部的徽州地区被称誉为"东南邹鲁"，是明清时期全国十大商帮之首徽商的故里，地方乡绅在国家行政体制之外，代替或配合官府处理大量社会"公共管理"事务，基础设施方面

1　王国平为光明日报记者。

如建桥、修路、挖渠、筑坝、摆渡等，救灾方面如防洪、抗旱、抢险等，教育方面如开设蒙学馆、聘请教师、帮助贫困学子求学赶考等，维护社会秩序方面如制定和实施乡规民约、劝说调解村民纠纷、斡旋乃至诉讼跨村跨区域的利益冲突等。

在传统中国社会，乡贤在国家政权与基层民众之间充当了协调两者矛盾、促进双方良性互动的关键角色，对地方社会稳定和发展发挥了独特作用。

记者：前段时间，您在我报撰文，探讨君子文化与社会主义核心价值观之间的关系。乡贤文化与君子文化之间有哪些方面是相互呼应的？

钱念孙：君子是数千年中国优秀传统文化塑造和推崇的人格范式。儒家学说乃至整个中国传统文化，其中很重要的内容是阐扬仁、义、礼、智、信及忠、孝、廉、耻等为人处世的伦理和规范。这些美好品德，最终都集聚、沉淀、融入和升华到一个理想人格即"君子"身上。比之"乡贤"，"君子"的指称范围当然宽泛许多。乡贤主要指一乡一地的贤达之人，君子可指各地各类崇德向善之人。君子身上承载着更多优秀道德的内涵，而乡贤除了具备良好道德品格外，常常还含有才干和声望的要求。因此，乡贤多半堪称君子，但君子可能是乡贤，也可能难当乡贤之誉，只有德才兼备且有一定声望的君子才会被尊为乡贤。

君子文化与乡贤文化虽然彼此分别，但其内涵和外延又有部分交叉重叠。两者既有区别又有联系，都是中华优秀传统文化的重要组成部分，都是今天培育和践行社会主义核心价值观可以利用的宝贵传统资源，值得认真研究，推陈出新。

记者：当前弘扬乡贤文化，如何保持时代特色？又需要警惕哪些不良倾向？

钱念孙：当前弘扬乡贤文化，要通过传扬本乡本土前贤的嘉德懿行，激发热爱家乡、建设家乡的情感，促进乡邑民众见贤思齐，奋发有为。同时，今天要在广袤的乡村营造适宜乡贤成长的生态环境，使在家乡的乡贤能够留得住并发挥作用，使外出的乡贤愿意返回家乡或以各种方式支持故里的美好乡村建设。

全球化、网络化时代，整个中国乃至世界紧密地联系在一起。各地乡村涌现的可能成为乡贤或准乡贤的各类"能人"，往往都外出打工淘金或举家迁移到城市。多年城乡二元体制运行的结果，更加剧了许多乡村面临"空心化"的困境。城市化的虹吸效应，使乡村有知识有文化的青壮年，尤其是乡村精英严重流失，这不仅是美好乡村建设的最大危机，也是弘扬乡贤文化面临的最为棘手的问题。

所以，弘扬乡贤文化首先要加快改变城乡二元体制，让市民和村民享受同等待遇，使更多青壮年劳动力，包括各种乡村能人和英才愿意并乐于留在乡村，创造条件为他们施展才华搭建坚实平台。目前国家正在实施的户籍制度改革和一系列针对农村的利好政策，已经在这方面做出可喜的成绩。其次，要采取多种政策措施促使外出闻达之士像原保山地委书记杨善洲那样，退休后返回故里为家乡发展建功立业。

至于说到乡贤文化中的不良倾向，古人早有比较清醒的认识。乡贤在与宗族结合治理乡村社会时，有时难免与私利交杂。有些乡绅处理问题时仗势欺人、假公济私等，那自是应当嗤之以鼻的。

"新乡贤"
的历史传承与当代建构

王先明[1]

在当代城市化和现代化快速发展的进程中，乡村社会面临着多重困境：农业易成弱质产业，农民易成弱势群体，农村易成落后地区。如何应对"三农"问题？成功的农村提供了借鉴。光明日报2014年推出"新乡贤·新乡村"系列报道，发掘浙江等地"新乡贤"和"乡贤文化"与新乡村建设的新闻故事、新闻人物和新鲜经验，给人们重要启示，值得从历史的深度与现实的高度予以总结、省思和凝练。

2013年3月，习近平同志在莫斯科国际关系学院演讲时说："实现中华民族伟大复兴，是近代以来中国人民最伟大的梦想，我们称之为'中国梦'，基本内涵是实现国家富强、民族振兴、人民幸福。"

---

1 王先明为南开大学历史学院教授、博士生导师。

以复兴农村为民族复兴之基石，是近代以来重要的社会思潮，也是乡村重建社会运动迭次兴起的主要动因。尽管我们的城市化率已在51%以上，但农业、农民、农村问题仍然是中国现代化发展进程中的重要制约因素。邓小平同志说："从中国的实际出发，我们首先解决农村问题……城市搞得再漂亮，没有农村这一稳定的基础是不行的。"在新农村建设的国家战略规划下，在社会主义核心价值观引领下，在各级党组织领导下，"新乡贤"和"乡贤文化"扮演着乡村社会建设和文化建设的重要角色。

乡贤与乡绅：传统乡村社会建设与文化发展的中坚

在中国传统文化中，乡贤，是对有作为的官员或有崇高威望、为社会作出重大贡献的社会贤达的尊称，是对去世者予以表彰的荣誉称号，也是对享有这一称号者人生价值的肯定。迄于明清，各州县均建有乡贤祠，以供奉历代乡贤人物。在漫长的中国历史进程中，乡村社会建设、风习教化、乡里公共事务的主导力量都是乡绅或乡贤之士。这一文化传承思想渊源久长。《孟子》《周礼》中均载有具体的乡村组织与管理构想。乡三老是秦汉以后乡治层面的最高领袖。他的年龄要在五十以上，他的人格要为民众所敬仰，如此才能被选为乡三老，才有感化民众的能力——这是基于《周礼》"德化主义"乡建理念的乡村体制建设。在几千年物换星移的岁月里，王朝多有更替，制度因革变迁，而扎根于乡村规制的文脉传承却绵延不绝。唐宋以后的乡村治理体制更加完备，乡村治理规制日益完善，体现着乡绅和乡贤群体对于乡村秩序维系和社会建设的积极努力。宋代熙宁以后，保甲、乡约、社仓、社学逐次推行，乡治精神和事业两方，都有改善的趋势。其中，乡约的施行再度成乡村社会-文化建设中的创获之举。"吕氏乡约"对于乡村民众的规约简约而具体："德业相劝，过失相规，礼俗相交，患难相恤。"担负乡约领袖者，由乡里民众推选正直不阿的人士充任。他们的责任，在抽象方面是感化约众，在具体方面是主持礼仪赏罚。明代泰州学派中许多不求功名而落归乡土社会的乡贤士绅，也集中体现了建设乡村、改善民生、谋利桑梓的群体追求和故乡情怀。

乡贤是扎根于乡土社会文化的社会力量，在动态的历史进程和特色不一的地域文化中，其认同的标准和资质或有所差异，但其一定是乡里德行高尚，且于乡里公共事务有所贡献的人。某种意义上，它与乡绅的概念具有较多的重合性。在地方社会居于领导地位或有重大影响的乡贤基本由绅士与平民两部分组成，其中绅士可分为中上层绅士和以生监为主体的下层绅士，平民主要由读书人、技艺人、商人和一般劳动者组成，其中以下层绅士人数为最多。明清以来，虽然平民乡贤的所占分量渐有增长，但总体上乡绅仍构成乡贤的主体力量。

乡绅，是传统时代乡村社会中的管事，这是一种具有社区自治组织的地方领袖，或者说就是乡贤。乡贤或乡绅们更多地关注乡村社区的公共利益和事业发展，并且对于来自衙门的不合理的权力扩张进行有效抵制。当然，他们要保证国家意志和利益在乡村社会的落实。他们的文化权威和社会地位源于制度与文化，或者说他们的身份、资格和威望本身即是文化和制度构成要素。他们不是权力结构中的力量，却是整个社会制度和文化网络中的组成力量，他们必须有社会地位，可以出入衙门，直接表达乡村社会的诉求，并对地方权力体系形成压力。费孝通先生说，乡村社会中的绅士，"可以从一切社会关系、亲戚、同乡、同年等，把压力透到上层，一直可以到土皇帝本人。"在以农耕文明为生存方式的时代，他们担负着"道在师儒"的使命，为民师表，移风易俗，促成乡村治理的太平景象。在高度分散聚居的乡里村落，社会秩序的维系、乡村公务的管理，均依赖于乡绅或乡贤的主持或主导，邑有兴建，非公正绅士不能筹办。乡村公共事业的兴革，如公产、义学、社仓、兴修水利、道桥，大都由乡绅士掌控，所谓"绅士之可否，即为地方事业之兴废。"

乡绅或乡贤，成为数千年中国农耕时代一个文明得以延续发展、社会秩序得以维系稳定的重要社会角色。

历史断裂：近代乡村危机的呈现

近代以来，中国社会与文化发展的历史进程被逆转。梁漱溟先生说："原来中国社会是以乡村为基础，并以乡村为主体的；所有文化，多半是从乡村而来，又为乡村而设——法制、礼俗、工商业等莫不如是。"传统中国社会是城乡一体化发展模式，就精英人才的流动而言城乡并无差别。

民国时期一项科举人才出身的调查统计表明，科举中出的人才，至少一半以上是从乡间而来的。在相关的有功名人士家族统计分析中，城乡几乎相等。而且，乡村士子，并不因为被科举选择出来之后就脱离本乡。出则为仕，退则为绅，乡间人才辈出，循环作育，蔚为大观。人才不脱离草根，使中国文化能深入地方，也使人才的来源充沛浩阔。

　　然而，只是近百年中，帝国主义的侵略，直接间接都在破坏乡村。由此导致传统中国社会城乡一体化发展模式，转变为城乡背离化发展模式，即都市日愈繁荣，农村日益衰落，遂造成持续不绝的乡村危机。尤其是科举旧学废除后的教育，从乡土社会论，是悬空了的，不切实际的，造成乡土人才向城市社会的单向流动。曾经的乡土精英已经不存在，洋秀才都挤在城里，所谓乡间正绅、良绅无以存续，遂造成劣绅、豪绅充斥乡村社会之局面。出自乡村中的精英、贤士，他们已经回不了家乡，失去家园的依恋和对家乡建设奉献的冲动。乡贤或乡绅力量继替的制度保障发生了历史性断裂。

　　因此，面对乡村经济衰退、乡村社会失序、

乡村文化荒漠现象的持续发展，20世纪30年代的中国知识界曾发起乡村建设运动、农村复兴运动、乡村复原运动等等，以一波又一波的社会运动方式试图挽救乡村社会急速衰败的趋势。但是，由于城乡背离化发展的历史进程未曾逆转，乡村社会—文化重建的效果不彰。

"新乡贤"与新农村建设

随着我国现代化和城市化进程的加速发展，现在总体上已达到了以工促农、以城带乡的发展阶段，近代以来的城乡背离化发展态势开始得以逆转。2005年，中共中央、国务院正式提出了社会主义新农村建设的战略思想："全面建设小康社会，最艰巨最繁重的任务在农村。加速推进现代化，必须妥善处理工农城乡关系……必须抓住机遇，加快改变农村经济社会发展滞后的局面，扎实稳步推进社会主义新农村建设。"全国各地按照统筹城乡经济社会发展的要求，把新农村建设纳入当地经济和社会发展的总体规划，使之成为党和国家战略布局中的重中之重。

在这种发展态势下，"新农村建设"在社会主义物质文明、精神文明、政治文明、社会文明和环境生态文明五大建设中，获得了属于自己时代的新内涵。它已经成为我国现代化进程中的重大历史任务，成为国家发展战略的重要组成部分。正是在这一具有重大战略性历史转折的实践进程中，"新乡贤"文化建设以其深厚的历史传承和创新性的当代建构，成为社会主义核心价值观引领下的时代诉求。

首先，在今天的"城乡一体化发展"战略进程中，"新乡贤"的时代角色十分突出。他们很多人出自于乡村，成就于城市；成长于乡土，弄潮于商海，在乡村与城市的内在关联上，具有天然独特的优势。他们今天的"衣锦还乡"，重建乡村的抱负，无疑是习近平总书记"实现中国梦必须走中国道路，必须弘扬中国精神，必须凝聚中国力量"重要指示在乡村社会的实践。在现代化进程的趋势中，从基层乡土去看中国社会或文化的重建问题，主要是怎样把现代知识输入中国经济中最基本的生产基地乡村里去。作为输入现代知识必须的人的媒介，"新乡贤"的社会建构，具有尝试破解百年中国乡村社会发展困境的珍贵价值。

其次，传统中国文化深植于乡土之中，人和地在乡土社会中有着感情的联系，一种桑梓情谊，落叶归根的有机循环中所培养出的精神。在中国家族、乡土文化传承中，具有深厚的根系和广阔的脉系。乡土文化的有机循环，一如费孝通先生所言：“从农民一朝的拾粪起，到万里关山运柩回乡止，那一套所系维着的人地关联，支持着这历久未衰的中国文化。”“新乡贤”文化建设无疑秉承和凸现着这一传统文化的底色。

“新乡贤”与核心价值观的践行

富强、民主、文明、和谐，是社会主义核心价值观在国家层面上的价值目标。这一国家价值目标实现的基础在乡村社会。“农业是安天下、稳民心的战略产业，没有农业现代化就没有国家现代化。”当“三农”问题凸现为我国现代化战略发展的瓶颈时，中国社会实现小康的梦想的关键所在就是乡村。“中国要强，农业必须强；中国要美，农村必须美；中国要富，农民必须富。”为此，习总书记精辟指出：“小康不小康，关键看老乡。”不难发现，乡村发展的滞后性固然有多种因素，而精英人才流失所造成的乡村内驱力缺乏是主因之一。“新乡贤”社会力量的凝聚，恰恰抓住了建构乡村内驱力的关节点。他们是一批有奉献精神的现代精英，从乡村走出去的他们回归乡土，以自己的经验、学识、专长、技艺、财富以及文化修养和道德力量参与新农村建设和治理，既是乡村社会文化建设的主导力量，也是发育和培养乡村社会发展内驱力的根本所在。

爱国、敬业、诚信、友善，是公民个人层面的价值准则。它既是具有时代高度的社会主义价值观，也是中华传统文化与时俱进的当代体现。它是我们每个公民社会化的基本准则。传统时代能够端坐于乡贤祠的乡贤们，都是个体品行与社会价值取向备受尊崇的贤士。"新乡贤"是新时代社会主义价值观在个人层面上塑造的榜样力量。"新乡贤"文化建设，既是传统乡村社会型塑的"尚贤敬德，奋进向上，造福桑梓"人格品德的传承，也是其传统品格在当今核心价值观层面上的提升和高扬。

更为重要的是，"新乡贤"是一个具有榜样性的社会群体，一定意义上他们是核心价值观在社会层面上的实践者。因此，这一社会层面的价值取向，是连接个人层面的价值取向与国家层面的价值目标的纽带。人创造着环境，同样，环境也创造人。"新乡贤"建设既是新时代中国人源自生活的创造，又是现代乡村文明环境建构的要素之一。在培育和践行社会主义核心价值观的实践中，新乡贤建设是一项基础性的工程建设。

挨诸历史我们不难发现，乡村社会治理和乡村建设的成功，无一不得力于乡村本身内在力量的驱动。尽管面对乡村危机的境况，基于民族危机救治的急迫性，民国时期出现过由外在力量注入式的乡村建设运动，但最终由于乡村社会缺乏持久的内在动力而难获久远之效。马克思曾经指出："黑格尔在某个地方说过，一切伟大的世界历史事变和人物，可以说都出现两次。他忘记补充一点：第一次是作为悲剧出现，第二次是作为笑剧出现。"

今天，"新乡贤"的构成已然不同于传统时代的以功名身份为核心的乡绅阶层了，他们是现代化进程中在各行各业取得成功的时代精英。现代化理念和前瞻性视野，以及创业成功的人生经验，成就了他们的时代品格——这是"新乡贤"新之所在。在各级党组织和村民自治组织主导下，他们将成为乡村现代化建设进程中的引领力量，将在传统文化的底色和现代文化的主色交融中，描绘出真正属于自己的时代特色。

让新乡贤文化涵养核心价值观

胡彬彬　　刘灿姣[1]

　　作为长期从事中国传统村落文化研究与保护工作的学者，近读光明日报"新乡贤·新乡村"系列报道，深有感触。这组报道不仅道出了我们心之所想、情之所冀，而且于我国目前正在推进的城市化、城镇化进程中如何保护、传承和创新中国传统村落文化，传播与滋养国家民族文化主流价值观，有着重要的现实意义。

　　首先，报道对"乡贤文化"这一研究课题具有破题意义。

　　当前，我国正处于社会转型期，一方面，城市化、城镇化飞速发展，另一方面，以"中国传统文化"作为内核的"中国村落文化"遗存现状令人堪忧。摆在我们面前的严峻事实是：古老的

1　胡彬彬、刘灿姣为中南大学中国村落文化研究中心教授。

传统村落遗物正在以惊人的速度消失；传统村落原所极具中华民族特色的文化形态正在发生急剧裂变，其内在结构也在外来文化的强大攻势下，正在支离瓦解，甚至可以说延续了数千年的村落文化已到了"生死存亡之秋"。村落文化的复兴与重构迫在眉睫，将优秀的传统村落文化纳入到国家主流媒体的视野，纳入到学术研究的殿堂，升华为中华民族文化与文明的重要构成，亦事关国家民族文化安全。

此时推出"新乡贤·新乡村"系列报道，不仅及时，还颇有深刻内涵。这组报道和评论反映了中央主流媒体的学术良知，揭示了传承和重塑乡贤文化的必要性和乡贤在其中发挥的重要作用，对"乡贤文化"这一课题有着重大的破题意义。"新乡贤·新乡村"系列报道引发了积极热烈的社会反响，各大媒体和学术期刊上也相继出现了不少相关报道和研究成果，主流媒体的破题和引导，已起到明显的社会呼应。

其次，报道反映了乡贤文化在当地产生的人文道德力量，体现了中华民族文化内在的主流价值观。

"新乡贤·新乡村"系列报道虽囿于篇幅，

报道的新乡贤只是分布在全国不同地域、不同行业中的一些个案，但这些个案却是富有时代特征和社会阶层特征的典型代表。他们中既有文人学者，又有企业家，还有政府官员等，可谓见微知著，一滴水也能折射出太阳的光芒。

报道反映了现时我国新乡贤阶层在重构新乡村文化中不可忽略的重大作用，深刻折射出了中华民族优秀传统文化的生生不息。传统文化滋养了新乡贤，而新乡贤又身体力行践行着中华民族优秀传统文化，可谓代代相继，不断光大创新。

最后，乡贤文化对传播社会主义核心价值观具有积极的推进作用。

习近平总书记说，培育和弘扬社会主义核心价值观必须立足中华优秀传统文化，使中华优秀传统文化成为涵养社会主义核心价值观的重要源泉。乡贤者，乡野贤良之士也。"乡贤文化"从某种意义来看，就是某一个地域中的优秀文化。无数地域与民族的优秀文化，正是中华优秀传统文化的重要构成。一方乡贤，在一方乡土中的人文道德力量不可谓不大，由一乡及一县，由一县及一省，由一省及全国，所谓聚溪成流，其影响不可忽略低估。

当代乡贤在保护、传承传统村落文化方面起

着不可忽视的积极作用。他们反哺故乡的种种感人事迹，昭示的不仅是事关社会个体的事迹，事迹背后所诠释的是主流价值观对这一社会群体所产生的深刻人文影响。舍己为公的奉献精神、坚持不懈的拼搏精神、与时俱进的创新精神，关乎个体的高尚人格，更关乎社会主义核心价值观的影响力、感召力。

随着城镇化的发展，越来越多的城镇居民对自己的乡村家园记忆日趋淡漠。费孝通先生曾主张"乡土重建"，其实乡贤也可重建。传统中国社会的士绅曾在"国权不下县"的国家体制下，发挥了沟通国家与社会的重要作用。如今，新乡贤的主体范围更加宽泛，他们视野开阔，具有一定的社会地位，有回报家乡的能力，他们中不少人虽然身在他乡，但却从来未曾忘怀哺育自己的故乡。

"新乡贤·新乡村"系列报道大力宣扬乡贤文化，呼唤乡贤回乡，将自己毕生所学所能所有奉献给家乡，反哺故园，实质上就是奉献国家，反哺国家。他们高尚的品德，彰显了爱国、敬业、诚信、友善的社会主义核心价值观。他们为建设富强、民主、文明、和谐的中国恪己之责，尽己之力，这种行为值得每一个国家公民学习。

"乡土中国"
的生命该如何延续

胡印斌[1]

  城市化背景下的农村该如何克服"空心化"？
2014年7月2日，《光明日报》一版头条刊登了《乡
贤回乡，重构传统乡村文化——浙江"乡贤文化"
与乡村治理的采访和思考》一文，介绍了浙江绍
兴店口镇的实践经验。当地致力于重构"乡贤文
化"，请"乡贤"回乡，反哺桑梓，同时也通过给
农民评级的方式留住乡土精英。目前，店口不仅
经济繁荣，传统乡村的伦理道德也使得这个小社
会温情脉脉。

  村庄是传统中国的根脉所系。每一个漂泊在
外的人，只要想起记忆中的那个村落，都会魂牵
梦绕。然而，近年来，大批农民纷纷举家外出，
寄居城市的边缘，农村的"空心化"，正在成为中

1　胡印斌为媒体人，知名评论员。

乡贤文化与核心价值观

145

国城市化进程中的庸常风景。那么，"乡土中国"的生命又该如何延续？

一味地浩叹，甚至天真地希望农民继续留下来，显然没有考虑到农民的感受和利益。一个能够依旧"活泼泼"存在的村落，首先要有内在的经济支撑，要能够与外界形成紧密的联系。农民生于斯、长于斯，非但不能与这个时代脱节，跟得上社会发展，还要因为乡居而获得某种超脱于城市的安宁与满足。

在这方面，那些常年活跃在外的乡贤，往往能够起到意想不到的作用。乡贤回乡，带来的也不仅仅是可见的企业、资本，更有与外部世界千丝万缕的联系。一个乡贤，就能串联起一个产业，带动一方民众。这样的关联已不再是单向的"反哺"，而应该是双向的良性互动。

不可否认，这些年来，不少村落已经成了被遗忘的角落，公共设施不足，公共服务滞后。而地方政府在城市化愿景刺激之下，也缺乏对农村投入的热情，凡此种种，均加剧了村落的凋敝，并带来了居民整体性的精神不振。

村庄的废墟之上，不可能生长出充满活力的城市，更不可能为城市输送出高素质的新市民。

也因此，绍兴市正在实施的民间人才"万人计划"，不失为一种重塑乡土精英、重建乡土中国的努力。即便在城市化的大潮席卷之下，村落依然有其不可或缺的价值。理性地发掘这种价值，赋予村落以新的生命，打造有新乡贤的新乡村，应该是我们这一代人的使命。

当然，留下乡土中国的面孔，并不意味着阻止历史的进程，毕竟，囿于历史、环境、发展等诸多方面的制约，一些村庄的消亡也是不可逆的现象。此前就有报道披露，最近10年来，我国每天有近百个村庄消亡。只不过，笔者希望借此强调，城市乡村之间应该是一个良性、渐进的过程，切不可人为阻断城乡之间的有机联系。

值此社会转型的关键时期，既要点亮城市的万家灯火，也不能荒废了中国人千百年来安身立命的乡村。既要解决农民的生计问题，让村庄恢复本来的生机；也要降低城市的进入门槛，让农民能在城市里扎根，成为新市民。这样，城市才能更繁荣，村庄也才能免于凋敝的命运。从这个意义上讲，发掘乡贤文化是一次破题。

激活乡贤
在乡村治理中的价值

汤嘉琛[1]

在城市化发展历程中，乡村扮演着稳压器的功能，"乡村不平，天下难安"。但是，乡村的未来不能指望更高层级的"代理人"，也不能寄望于城市化的侵蚀性改造，而只能创造条件以发展来实现自我救赎。

"空心化"是如今很多中国乡村共同面临的治理困境。原本鸡犬相闻的乡村为何一片死寂，原本阡陌纵横的乡村为何退化为荒郊野村，这些都能从经济和社会的层面找到合理解释。但是，"空心化"现象的本质其实是人的问题，因为乡村沦陷的直接原因，正是城市化虹吸效应下青壮劳动力和乡村精英人士的流失。

重建乡村治理的秩序，归根结底是要让乡村

1　汤嘉琛为知名评论员。

留得住人，并且让一部分已离开乡村的人重归乡土。《光明日报》近期的报道，为我们展示了用乡贤文化促进地方文化、经济、社会发展的"浙江样本"。浙江一些地方提升乡村治理水平的经验告诉我们，若能重新发现乡贤资源的价值，城市化与乡村发展就不会产生冲突。

即使是再封闭和落后的乡村，都或多或少会培养出一些"能人"。按照常理，这些人最有可能像火车头一样，带动父老乡亲们过上更好的生活。但现实却是，在中国的很多乡村，但凡有一点能力、有一点出息的人，最终都选择了举家迁移。他们几乎切断了与故乡的所有联系，即使自己发展得再好，也与故土没什么关系。

我们并不能怪这些人忘恩负义。就个体选择而言，在固守穷乡僻壤与融入城市之间选择后者，在绝大多数时候都更理性。尤其当一个人深知自己无法改变整个村庄的命运时，努力让自己和家人过得更好，便成了一个天经地义的选择。但问题是，如果所有人的努力方向都以逃离乡村为目标，乡村注定是没有未来的。

人力资源流失所致的"空心化"，近些年已经开始为乡村治理带来负面影响。本土精英不断流失，外乡精英不愿进驻，一直在"失血"的乡村严重"贫血"。无论邻里之间互助互济的关系网络被切断，还是一些地方黑恶势力介入基层治理，甚至性侵留守儿童、留守老人等社会问题时有发生，无不是乡村人力危机结出的恶果。

尽管乡村治理和发展面临诸多困境，我们却无法任其自生自灭。在城市化发展历程中，乡村扮演着稳压器的功能，"乡村不平，天下难安"。但是，乡村的未来既不能指望更高层级的"代理人"，也不能寄望于城市化的侵蚀性改造，而只能创造条件以发展来实现自我救赎。在这其中，乡贤可以而且应当发挥更大作用。

从乡村走出去的精英，不仅有重建乡村治理秩序的经验、学识、资本，而且很多乡贤都愿意为故乡发展出力。摆在他们面前的问题是，如今的故乡是否还回得去？于基层政府而言，与其为获得扶持向上级部门哭穷，不如通过政策引导为乡贤回乡创造更好的条件，让那些有志于为故乡效力的人，真正能够成为"造血因子"；另一方面，呼吁官员退休后回原籍，也不失为一个促进均衡发展的良策。

留得住人的乡村，才有未来。激活乡贤在乡

村治理中的价值，利用乡贤资源增强乡村的吸引力，不仅能将乡村的问题解决好，对解决城市问题也将大有裨益。

再造乡贤群体 重建乡土文明

赵法生[1]

近代史上，西洋传教士初来北京城大吃一惊：因为这个百万人的城市竟然不设警察，夜间也只有几个歪歪斜斜的老人在打更报时而已。他们无法理解一个不设警察的大都市是如何治理的。其实，他们更加难以理解的是中国数千年"皇权不下县"的传统，县以下的广袤国土几乎没有国家权力组织存在，因为那是乡贤的领地。

乡贤，又称乡绅，是指乡村知书达礼并以德服众的人，他们大多耕读传家，殷实富足，尽管不一定是村里最富的人。但是，无论是村里最富裕的人，还是最有权的人，都得唯乡贤的马首是瞻。政治学家将权威分为暴力权威、神授权威和道德权威，乡贤无疑属于第三种权威类型。他们从小就熟读儒家经典，深受儒家礼义教化的影响，

1　赵法生为中国社会科学院世界宗教所研究员。

为人正直、处事公道、急公好义、闻名乡里，他们是村庄的道德典范，是村庄的精神领袖，并因此而成为村庄秩序的守护者。

即使在近代中国引入警察制度之后，乡贤在乡村的影响力依然不可低估，因为中国大多数的乡村远离都市和乡镇警察局，加之中国乡村长期深受孔子无讼思想的影响，警察在乡村治理中的作用是微乎其微的。那时的警察们真应该衷心感谢乡贤，后者通过调节说和使那些马上就会演变为法律官司的纠纷平息下来，使得矛盾的双方握手言和；也通过卓有成效的教化将更严重的法律案件消灭在萌芽之中。现在来看，由乡贤主导的传统乡村自治，实在是社会成本极低而又有实际效果的乡村治理模式。

重新发现乡贤并不意味着要返回古代。在广大的乡村被纳入了全国乃至世界性的市场体系之后，没有任何人能够将它拉回到闭关锁国的小农时代，当今的乡村也不可避免地要经受民主法治的洗礼。但是，这一切都不是否定乡贤的理由。道理很简单，礼义廉耻这些基本道德规范不但不与现代文明相冲突，反而是现代文明建立的必不可少的地基，一旦地基被动摇，再高的大厦也会倾覆。因此，在今天要重建文明有礼的乡土文明，依然缺少不了乡贤。

但是，就在重新发现乡贤之后，我们发现乡贤群体早已走入了历史，在经历了一百多年的现代化进程之后，我们似乎只有在历史典籍中凭吊乡贤的往事了。

其实，事情或许并没有如此悲观，文化的生命力之顽强有时会超出我们的想象。即使在"文化大革命"如火如荼地进行的时候，笔者村里的很多纠纷也是由一位德高望重的乡贤来调解，他同时又是该村大姓中辈分最高的人之一。有一次村里一个小伙子偷了一对青年夫妇的新婚嫁妆，就在他将被告上法庭之际，这位乡贤出面说服青年夫妇接受了那个小伙子的道歉和赔偿。事情很清楚，起诉后那个小伙子将被关进监狱，因为他还没有女朋友，刑满释放后他将不再会有成家的可能，新的乃至终生的仇恨或因此而生。这位乡贤用他的行动，阐释了乡村无讼文化的现实意义。

在笔者从事乡村儒学建设的山东省泗水县尼山乡村周围，仍然不时见到这样的乡贤，他们依然是维持今天不少乡村和谐的重要力量。可是，他们大多垂垂老矣，在中国历史活跃了两千多年的乡贤传统的确有断绝之虞。怎么办？我们需要再度聆听老子归根复命的教诲。乡贤不是孙悟空，不是从石头缝里蹦出来的，他们是中华优秀传统文化尤其是儒家文化的产物，是儒家文化在乡村的传人。以儒家文化为代表的优秀传统文化才是培育一代又一代乡贤的沃土。因此，只要儒学能够实现在当代农村的现代转化和复兴，乡贤群体的再造就不是梦，尼山乡村儒学的实践证明，传统文化的根在农村并没完全死亡，只要有园丁愿意来浇水施肥，乡贤的新苗就会再次发育成长起来。

有乡贤的乡村才是和美的，有乡贤的乡村才是宜居的，有乡贤的乡村才有明天。中国乡村正处在历史转折点上，能否再造乡贤，或许是引导农村未来走向的决定力量之一。

城镇化要延续
传统文化根脉

陈芝芸[1]

近年来，中国城市化呈现快速迅猛发展的势头。农村大批青壮年劳动力涌向城市，精英人才大量流失，人去地荒，出现了空心化现象，农村发展出现了一些令人担忧的问题。

城市化是现代化的必由之路。但由于时代和条件不同，世界各国所走过的道路各不相同。

英国在19世纪50年代实现了城市化，城市人口从总人口的30%增加到70%花了300年时间，办法是剥夺农民土地，把农民赶到城市；美国花了100年时间，办法是兼并土地，使失地农民自然流入城市；拉美地区在工业化时期也出现过城市化发展的迅猛浪潮，有的国家城市化率接近80%，但过度城市化却导致城市人口大量失业和城市居

1　陈芝芸为中国社会科学院学者。

民贫困化。

中国的城市化道路该怎么走？需要根据国情，走自己的路。中国是一个有几千年历史的传统农业国家，乡村始终是传统中国文化的根脉。作为有13亿人口的大国，农业具有举足轻重的作用。正如习近平总书记所说："中国要强，农业必须强，中国要美，农村必须美，中国要富，农民必须富。"

在加快城市化步伐的同时，必须大力推进农村现代化建设，真正把广大乡村建设成为经济繁荣、社会和谐、基层民主、环境优美的新农村。而要做到这一点，除了国家制定相关政策以外，精英人才的引领作用不可忽视。

光明日报"新乡贤·新乡村"系列报道，不仅提供了不少乡贤回乡重构传统乡村文化、实现乡村治理现代化的成功案例，而且对乡贤文化的探讨非常有意义。

千百年来，多少从农村走出的贤人志士以自己的学问、智慧和品德，成为乡民的楷模和当地经济发展、社会稳定及文化繁荣的中坚力量。今天，浙江、江苏等地一批新乡贤陆续回归故里、反哺桑梓，不仅给当地乡民带来了经济收益，同时传播了先进的管理理念和文明的生活方式，促进了基层治理的现代化。这是十分可喜的现象。乡贤文化是中国特有的传统文化现象，愿其在新时期进一步发扬光大，在乡村文明建设中发挥新的作用。

我为何想到乡贤回乡

叶辉[1]

新闻敏感是记者的职业生命。为保持自己对新闻的敏感度，我磨砺思维的办法是关注社会热点、疑点、难点，脑子里经常装几个问题进行思考。这种思考就像酿酒，时间越久，思维之酒就越香，当思考的问题一旦与现实中的题材相遇，就会激发出灵感，产生"众里寻他千百度，蓦然回首，那人却在，灯火阑珊处"的效果。

《乡贤回乡，重构传统乡村文化》一稿正是这种思考的产物。

我出生在城市，却在浙南一个小山村长大，对乡村有着深厚的感情。改革开放，城市化狂飙突进，民工潮涌动，中国农村遭遇千年未有之大变局，精英流失，人走地荒，乡村空壳化严重，乡土文化衰落，陶渊明式的田园乡村正在失去吸

1　叶辉为光明日报记者。

引力……

中国的城市化难道要以牺牲农村为代价？如何重构乡土文化，使传统乡村恢复吸引力？我在关注和思考城市化背景下乡村出现的新问题。

一次，原诸暨市店口镇书记、现绍兴市组织部副部长张壮雄来访。张壮雄是一位充满睿智并很善于学习的基层干部，有思想，有创见，创新意识强，他主持下的店口镇曾因改革名震全国。他聊起绍兴市委组织部正在实施的一个乡村治理计划，针对的正是城市化背景下的农村治理问题，内容涉及重塑乡村精英，呼唤乡贤回乡，重构乡村文化。

闻此，我心中怦然一动：这不正是我一直在思考的问题吗？见我关注，他谈兴更浓，从晏阳初河北定县实验到梁漱溟山东邹平实验，从城市化导致的农村空壳化到呼唤乡村精英回归。他认为，今天应该进行一场新乡绅运动，让那些从乡村走出去的精英，退休后回到农村成为新乡绅，以自己的经验、学识、专长、技艺、财富以及文化修养参与新农村建设，如果他们能叶落归根，以自己身上发散出来的文化道德力量教化乡民、反哺桑梓、泽被乡里、温暖故土、凝聚人心，这不正是重构乡村传统文化所需要的?

这是一个重大选题!一个好选题!

正好报社刘伟副总编来到杭州,我们把这个选题向他做了汇报,没想到我们的兴奋点竟与他的思考不谋而合,他拍案叫好。"如今许多从乡村走出来的乡贤在城市退休,如果他们能回到故乡,对重构乡绅文化、稳定农村、凝聚人心,会起到难以估量的作用!"刘总说。

我和记者站新任站长严红枫立即与张壮雄联系,谈了我们的报道设想。张壮雄和绍兴市组织部长吴晓东非常重视,马上赶到杭州,我们聊了整整一个上午。刘总当即拍板:搞系列报道,主题是"新乡贤·新乡村"。

鉴于这个选题的宏观意义,报社决定将部门选题上升为报社选题,发动各地记者站进行多省协作联动。

7月2日,本报在一版头条推出首篇长篇通讯《乡贤回乡,重构传统乡村文化——浙江"乡贤文化"与乡村治理的采访和思考》。稿子刊出后,浙江日报于次日全文转载,绍兴日报和上虞日报也予以转载。这组报道共发了几十篇,反响较大、较好,中央领导和浙江省领导都做了批示。

继承和弘扬乡贤文化
践行社会主义核心价值观

王志良[1]

光明日报2014年推出的"新乡贤·新乡村"系列报道，在社会上产生了积极的影响。这组报道激发了我对乡贤文化的思考，也催生了我的倡议。我期盼借贵报一角，大声呼吁在全国弘扬乡贤文化。

2014年2月，习近平总书记在主持中共中央政治局集体学习时强调，培育和弘扬社会主义核心价值观必须立足中华优秀传统文化，使中华优秀传统文化成为涵养社会主义核心价值观的重要源泉。

乡贤文化是中华优秀传统文化的组成部分。早在唐朝，刘知九《史通·杂述》就有这样的记

---

1 王志良为全国政协委员、香港利万集团董事长，此文为他写给光明日报编辑部的来信。

载："郡书赤矜其乡贤，美其邦族。"至明朝，朱元璋第16子朱栴曾撰《宁夏志》专门列举了"乡贤"这类人物，还开始建立乡贤祠，凡进入乡贤祠的人既要有"惠政"又要体现地方民众的意志。清代，基层不但建有乡贤祠，还把乡贤列入当地志书。

"乡贤"是本乡本土有德行、有才能、有声望而深被本地民众所尊重的贤人。按传统的标准是"三不朽"，即立德、立功、立言，立德是指做人，立功是指做事，立言是指做学问。"乡贤文化"就是这个地域历代名贤积淀下来的榜样文化、先进文化，是这个地域有激励作用的思想、信仰、价值的一种文化形态。乡贤文化是中国文化研究的独特领域，与地域文化、方志文化、姓氏文化、名人文化、旅游文化等有着密切联系，但又有自己特殊的研究内涵与价值。

乡贤文化是一笔宝贵的精神财富。乡贤文化是扎根家乡的母土文化，看得见、摸得着，贴近百姓，贴近青年。乡贤的嘉言懿行载于史册，流传于民间，深刻地影响着人们的言行，引导着人们形成向上向善的力量，是一笔宝贵的道德资源。

乡贤文化是一条凝聚海内外人士的纽带。每个人都有自己的故乡，无论走到哪里，心头始终有着一份浓浓的乡情、乡恋。乡贤文化是一个地域的精神文化标记，是连接故土、维系乡情的精神纽带，是探寻文化血脉，弘扬固有文化传统的一种精神原动力。

在全国推广弘扬乡贤文化，就是要呼吁有德有才的新乡贤回乡建设新乡村。乡贤文化贴近百姓，各地都有丰厚的资源。乡贤作为当地的榜样人物，距离并不遥远，他们就在大家身边，容易通过"照镜子、正衣冠"的实践，达到示范和引领作用，从而推动整个社会经济文化和谐发展。弘扬乡贤文化，是培育和践行社会主义核心价值观的重要体现，为社会传播正能量提供了载体。

2001年1月，浙江绍兴上虞区在当地文化人的努力和倡议下，成立了乡贤研究会。这是我国最早以"乡贤"含义创设的区域性民间文化学术社团。该社团13年来始终秉承"挖掘故乡历史，抢救文化遗产，弘扬乡贤精神，服务当地发展"的宗旨，在激活和弘扬乡贤文化资源上做了大量工作，铸就了全国独一无二的文化品牌，有力推动了当地社会经济文化的和谐发展。2008年被浙江省委宣传部命名为"浙江省文化建设示范点"。

我认为，要在全国弘扬乡贤文化，就应当鼓

励各地因地制宜地开展乡贤文化研究。借鉴上虞乡贤研究会的做法和经验，可从以下几个方面着手：

第一，研究发掘、整理积累大量珍贵的区域文史资料。上虞乡贤研究会以平均一年两本的速度，先后出版《上虞乡贤文化》八辑，与区政协文史委联手编撰《上虞文史资料选粹》《上虞孝德文化》3本，自费出版个人专著10余本。二次编撰《虞籍名士通讯录》，还每年举办比如"东山文化国际研讨会""纪念乡贤杜亚泉诞辰140周年暨学术成就研讨会"等纪念活动。2006年还抓住上虞档案中心落成的机遇，承担了"上虞名贤名人展览厅"文化布展工作，形象生动地展示了上虞从古至今200余位乡贤的风采。

第二，抢救濒危的文化遗产。2004年夏天，上虞乡贤研究会发现祝英台故里祝氏祖堂濒临倒闭，立刻致信区委区政府领导，提出了自行筹资进行抢救性修复的建议。在得到了领导的批示后，研究会自筹资金15万元，花两个月时间以"修旧如旧"原则修复祝氏祖堂。修复后的祝氏祖堂被正式列为区级文保单位，原来废弃的珍贵文物"祖堂碑"也被妥善安排在祖堂墙内，在2005年"中国英台之乡"的申报中发挥了独特的作用。

第三，围绕建设发展大局，开展文化智囊服务。收集、挖掘和抢救具体的乡贤史料固然是重要的，但光停留在纸面的研究和传承只是第一步。要真正激活这些沉睡的文化资源，必须要让这些资源尽可能为今天的时代所用，为社会建设发展所用，这既是活的传承，也是更好的保护。比如，上虞乡贤研究会就抓住当地大力实施文化强市战略，各种文化、旅游、城建、景观工程加快建设的时机，围绕建设发展大局，主动提供文化智囊服务，在激活沉睡的文化资源的同时，研究会的生命力也得到了有效的强化。

第四，联络走访乡贤游子，传递温暖、凝聚乡情。13年来，上虞乡贤研究会十分注重做好对虞籍乡贤的联络走访工作，既传递温暖、凝聚乡情，又开展对乡贤文化的抢救。2009年清明节，研究会发现国家最高科技奖获得者、中科院院士、虞籍乡贤徐光宪的父母墓地破败不堪，又没有墓碑。研究会请企业家赞助，把墓地修缮一新，令徐光宪乡贤万分感动。2010年6月份，年届90岁高龄的徐光宪携女儿、外甥女专程回乡祭祖，嘱咐子女今后不忘故乡，以实际行动报效家乡。此外，从2001年开始，研究会组织采访团先后赴北京、上海、南京、广州、深圳、杭州、香港等地举办"走近虞籍乡贤"采访活动。走访了全国政协原副主席经叔平、申奥功臣何振梁、中组部原常务副部长赵宗鼐等乡贤100余位，零距离听取了他们对家乡经济社会发展的真知灼见。

第五，组织开展教育活动，培育学生爱乡情怀。要搞好乡贤文化的研究工作，立足当下、立足一代人固然重要，但更重要的是要着眼未来、着眼下一代。上虞乡贤研究会在积极组织开展对下一代的乡贤文化教育、有效培育学生的爱乡情怀方面做了不少有益探索和尝试。比如，上虞乡贤研究会与上虞区少工委联合在全区中小学成立了57所"上虞乡贤研究会少儿分院"，通过这些分院，有计划有步骤地发动全区青少年开展了"知乡贤、颂乡贤、学乡贤，做一个了不起的上虞人"的主题教育活动。主题教育活动引起了全国少工委、共青团浙江省委的关注。在团中央辅导员杂志社的安排下，还举办了"走近乡贤博览会"的现场会，团中央、全国少工委、共青团浙江省委和来自全国各地的少儿工作者、少先队辅导员200余人到上虞参加乡贤文化教育活动，有效培育起学生的爱乡情怀。

后 记

　　党的十八大以来，光明日报立足自身的定位和特色，把社会主义核心价值观宣传报道作为核心任务，放在核心位置，作为报纸的基调和底色，突出文化特色，突出文化内涵，发掘典型，讲好故事，阐释理论，评析热点，使核心价值观宣传报道取得了新的令人瞩目的成绩。

　　编辑《核心价值观的故事》丛书的目的就是要对这些成绩作一番系统的梳理和展现，为践行和弘扬社会主义核心价值观提供借鉴和启示。首批编辑出版的有《家风家教的故事》《校训的故事》《新乡贤的故事》《地名的故事》《核心价值观百场讲坛（第1辑）》，将要编辑出版的有《座右铭的故事》《品牌的故事》《新邻里的故事》《劳模家书的故事》《宿舍文明的故事》等。丛书的主要内容来自报纸的报道和文章，但并非简单的照搬，而是经过精心的编辑和加工。

　　在"治国理政新实践"重大主题宣传报道中，光明日报组织优秀记者采写了《为国家立心为民族铸魂——十八大以来党中央推进和深化社会主义核心价值观建设纪实》，对三年来以习近平同志为总书记的党中央培育和弘扬社会主义核心价值观的新理念、新思想、新战略、新实践进行了全景式报道和深入深刻的评析，现作为特稿，收入书中。

值此丛书出版之际，首先要特别感谢的是长期以来亲切关怀、精心指导、充分肯定光明日报核心价值观宣传报道的中央领导、中宣部和中央文明办等部门的领导。他们的关心和厚爱，是光明日报进一步推进和深化核心价值观宣传报道的不竭动力。

要特别感谢的是一直以来高度重视、亲自部署、大力推进核心价值观宣传以及丛书所收录各系列报道的光明日报总编辑何东平和光明日报编委会其他各位领导。何东平和光明日报副总编辑陆先高十分关心和支持丛书的编辑出版。何东平为丛书撰写的长篇序言，阐明了光明日报"把核心价值观宣传放在核心位置"的办报理念，总结了光明日报核心价值观宣传报道的经验，思考了创新核心价值观宣传的思路，对阅读这一丛书提供了有益的帮助。陆先高主持召开丛书编辑工作会议，为丛书的出版奠定了基础，指明了方向。

需要感谢的还有参与和支持丛书所收录各系列报道采写、文章撰写、稿件编发及相关工作的光明日报社办公室、总编室、评论部、科技部、教育部、文艺部、理论部、国内政治部、经济部、国际部、摄影美术部、记者部、新闻研究部、军事部、光明网等相关部门和国内外相关记者站的记者、编辑、工作人员以及社外各位领导、专家和作者。

光明日报新闻报道策划部相关编辑倾心尽力负责丛书所收录各系列报道的策划、组织和协调、落实，积极筹划和投入丛书的编辑和出版，他们付出了很多心血和辛劳，在此深致谢意。

光明日报出版社社长潘剑凯、常务副总编辑高迟对丛书出版给予热情关心和支持，责任编辑谢香、李倩为丛书的编辑出版表现出足够的耐心和细心，也一并表示感谢！

由于丛书编辑时间仓促，或存有错误，敬请各位读者批评指正。

图书在版编目（ＣＩＰ）数据

新乡贤的故事 ／ 袁祥，叶辉主编. —— 北京 ：光明日报出版社，2016.4
（2019.10重印）（核心价值观的故事丛书）

ISBN 978-7-5112-9838-6

Ⅰ．①新… Ⅱ．①袁… ②叶… Ⅲ．①故事－作品集－中国－当代

Ⅳ．①I247.8

中国版本图书馆CIP数据核字(2015)第310463号

新乡贤的故事
XIN XIANGXIAN DE GUSHI

主　编：袁　祥　叶　辉	
责任编辑：谢　香　李　倩	责任校对：傅泉泽
封面设计：杨　震	责任印制：曹　诤

出版发行：光明日报出版社　江西高校出版社

地　　址：北京市西城区永安路106号，100050

电　　话：010-67078248（咨询），010-63131930（邮购）

传　　真：010-67078227，67078255

网　　址：http://book.gmw.cn

E-mail：renqing339@126.com

法律顾问：北京德恒律师事务所龚柳方律师

印　　刷：河北鹏润印刷有限公司

装　　订：河北鹏润印刷有限公司

本书如有破损、缺页、装订错误，请与本社联系调换

开　　本：165mm×230mm			
字　　数：125 千字		印　张：12.75	
版　　次：2016年4月第1版		印　次：2019年10月第3次印刷	
书　　号：ISBN 978-7-5112-9838-6			
定　　价：38.00元